## MARC FIORENTINO

Marc Fiorentino est un spécialiste des marchés financiers. Après avoir dirigé pendant quinze ans des banques d'affaires américaines en Europe, il a créé sa propre société de Bourse en 1999 et un site de conseil en investissement financier en 2007. Éditorialiste sur BFM, et chroniqueur dans *Challenges* et *La Tribune*, il intervient souvent dans les médias, pour des analyses de la crise financière et des prévisions sur les marchés.

W0386010

# UN TRADER
# NE MEURT JAMAIS

MARC FIORENTINO

# UN TRADER NE MEURT JAMAIS

ROBERT LAFFONT

Le papier de cet ouvrage est composé de fibres naturelles, renouvelables, recyclables et fabriquées à partir de bois provenant de forêts plantées et cultivées durablement pour la fabrication du papier.

Le Code de la propriété intellectuelle n'autorisant, aux termes des paragraphes 2 et 3 de l'article L. 122-5, d'une part, que les « copies ou reproductions strictement réservées à l'usage privé du copiste et non destinées à une utilisation collective » et, d'autre part, sous réserve du nom de l'auteur et de la source, que « les analyses et les courtes citations justifiées par le caractère critique, polémique, pédagogique, scientifique ou d'information », toute représentation ou reproduction intégrale ou partielle, faite sans le consentement de l'auteur ou de ses ayants droit ou ayants cause, est illicite (article L. 122-4). Cette représentation ou reproduction, par quelque procédé que ce soit, constituerait donc une contrefaçon sanctionnée par les articles L. 335-2 et suivants du Code de la propriété intellectuelle.

© 2009, Éditions Robert Laffont, S.A., Paris.
ISBN : 978-2-266-19655-0

*À Samuel et Laura*
*Je vous aime*

« Money never sleeps. »

Gordon GEKKO

*Wall Street*

## *Prologue*

Je croyais être guéri.

Huit ans. Huit ans sans la moindre dose. Huit ans sans adrénaline... Huit ans de mort lente.

Je n'en peux plus. Je panique. Je craque. Je replonge. Je ne veux pas mourir dans un lit. Je ne veux pas mourir retraité.

Je veux mourir ruiné ou milliardaire.

Il faut que je spécule. Maintenant. Tout de suite. Mourir en spéculant ce n'est pas mourir, c'est vivre.

Je suis un trader et un trader ne meurt jamais.

## Lundi 24 mars 2008

Toujours la même chanson pour me réveiller. « Ventura Highway », d'America. Je ne sais pas si je l'aime parce qu'elle porte mon nom ou pour le thème de guitare. Cela fait huit ans que le CD est dans mon réveil. Il a dû s'incruster. Plus aucune chance de l'extraire.

Même le café m'énerve, ce matin. Le bruit des capsules qui tombent me rappelle celui des pièces dans une machine à sous de Vegas. Sauf qu'on ne touche jamais le gros lot. Pourquoi je n'ai pas eu l'idée des capsules Nespresso ? Au fait, combien cote l'action Nestlé ?

Lundi de Pâques. Jour férié. La bonne nouvelle du jour, c'est que je n'ai pas à mettre de costume : *casual wear*. Pas besoin de me raser non plus. Il n'y aura personne pour me voir. À part mes écrans d'ordinateurs.

J'en ai marre de traîner seul chez moi. Je deviens grincheux. Une petite salade chez Carette puis direction le bureau. 150 m² dans le centre d'affaires de la place du Trocadéro.

Même là, pas un rat. Ce n'est pas un centre

d'affaires, c'est un centre de repos... La réception est déserte. L'hôtesse somnole en ruminant sa solitude.

Tous les marchés en Europe sont fermés mais les États-Unis sont ouverts. Le Dow Jones a ouvert en hausse. Le dollar remonte un peu.

La semaine qui vient de passer a été probablement la plus folle que j'aie connue. Un vrai délire. Une accélération de l'histoire financière qu'on ne vit qu'une fois dans sa vie.

Un journaliste de radio m'a posé une question en direct, dimanche soir : « C'est la fin du monde ? » J'ai répondu : « Non. » Un non, brutal, sans appel. « Les marchés vont rebondir. » La journée de lundi a été apocalyptique. La Bourse a plié, mais elle n'a pas rompu. Le rebond a eu lieu. Dans la nervosité et dans la panique.

J'ai parié sur ce rebond. Je me suis mouillé à fond. J'ai affirmé que ce n'était pas la fin du monde. Partout. À la télé, à la radio, dans les quotidiens économiques. J'ai eu l'impression de rejouer. Et cela m'a fait du bien. Sans miser d'argent certes, mais en jouant ma crédibilité.

J'ai retrouvé le goût des marchés.

J'ai retrouvé le goût du jeu. Un sentiment que je n'ai pas eu depuis longtemps. Un peu comme les doigts d'un malade qui bougent après huit ans passés dans le coma.

Et j'ai décidé de commencer ce journal.

Pour laisser une trace. Comme un navigateur solitaire qui s'attaque au cap Horn. Qu'il en revienne ou qu'il disparaisse.

Pour laisser une trace, et pour vivre une dernière aventure. Car j'ai pris une décision. LA décision. Je vais refaire fortune.

Mais, cette fois, je ne reperdrai pas. Je garderai tout.

Je veux gagner de l'argent, beaucoup d'argent. En spéculant sur les marchés. C'est la seule chose que je sais faire.

J'ai besoin de mettre mes idées sur ce papier. Pour garder le cap. Pour ne pas me perdre en route. Pour m'assurer d'arriver à bon port.

Je ne me suis pas fixé d'objectif chiffré. Mais je veux atteindre une somme qui ne laisse aucun doute, qui ne laisse aucune place à la discussion. Pas de « oui, pas mal, c'est quand même beaucoup d'argent ». Non, un massif « ouah ! mais c'est une fortune ! ».

Je me donne quelques semaines. Pas plus. Car je ne sais gagner que dans les périodes de crise, de krachs, de déroute. Et ce cyclone pourrait ne pas mettre plus de quelques mois à dévaster la planète finance. Après, ce sera la reconstruction et ce ne sera pas un environnement propice pour moi.

Je pars avec ma pioche, ma pelle et mon cheval à la conquête de l'Eldorado. Je veux trouver de l'or. Beaucoup d'or. Je sais qu'il dort au fond d'une mine financière. Et je vais l'extraire.

Je ne sais pas encore comment, où ni avec qui. Mais je sais que je vais y arriver. Les fortunes se font et se défont sur les marchés financiers, toutes les heures, sur tous les continents. Je le sais. Par expérience. Cette fois-ci je ne laisserai pas passer ma chance. Ce sera mon dernier coup. *The Ultimate Fight.*

Si je tombe, je ne me relèverai plus.

Si je réussis, je recommencerai à vivre.

## Mardi 25 mars

Content que ce week-end prolongé s'achève enfin.

Temps libre, loisirs, vacances, RTT... Ce pays me déprime. Les jeunes rêvent d'être fonctionnaires, les adultes d'être retraités. Tous aigris, tous envieux. Que personne ne gagne. Il ne faut voir qu'une tête. Une tête de perdant. Égalité, médiocrité, égalité. Allons enfants de la paresse, le jour du loir est arrivé.

Entre la France et moi, c'est love and hate. Je l'aime pour ce qu'elle a fait pour moi. Je la hais car elle hait l'argent.

Je suis un crétin. C'est pour ça que je me réveille tous les matins avec cette rage : j'aurais dû quitter le pays depuis longtemps. Dans le monde de la finance, Paris c'est la province. Être trader à Paris c'est faire de la haute couture à Amiens. À mon époque, la capitale de la finance internationale, c'était New York. Aujourd'hui, mais plus pour longtemps, le paradis des traders et des milliardaires est à Londres. À Paris, notre seul record est celui de la plus grande fraude de l'histoire de la finance, l'affaire de la Société Générale.

J'aurais dû partir mais je n'ai jamais su jeter l'éponge. Chaque fois, en vingt-cinq ans de carrière, je me suis dit : ça va changer. À la prochaine élection, à la prochaine crise, à la prochaine embellie. Mais les Français ne veulent pas changer. Il m'a fallu quarante-huit ans pour m'en apercevoir. Pour quelqu'un qui se prétend visionnaire, ce n'est pas très glorieux.

Toujours un pincement au cœur quand j'allume les écrans le matin. Le même que celui que je ressentais en arrivant dans les immenses salles de marché que je dirigeais. J'avais huit écrans. Aujourd'hui je n'en ai plus que deux et encore ! J'ai dû prendre un abonnement Reuters à coût réduit...

Tout clignote. Plus de rouge que de bleu. Le rouge indique un cours en baisse, le bleu un cours en hausse.

Euro/$ : 1,5550. Or : 925 $. Pétrole : 100,40 $.
Le CAC ouvre à 4 680.

C'est parti. Je lance mon opération de reconquête.

J'ai une spécialité, une marque de fabrique : les krachs. Je les ai tous prévus ou presque. On m'appelle la Cassandre des marchés parce que je n'annonce que les catastrophes, mais aussi, je préfère, le Chasseur de bulles, Bubble Man, mon deuxième surnom. Ma passion, c'est ça : identifier une bulle financière et jouer sur son dégonflement brutal, sur l'explosion de la bulle.

Une bulle est une spéculation irrationnelle et hystérique, une phase pendant laquelle tous, des professionnels à l'homme de la rue, achètent des actifs en pensant qu'ils ne pourront jamais perdre, que « les arbres peuvent grimper au ciel » contrairement au proverbe des vieux maîtres du trading américain.

Il y a eu des bulles immobilières, des bulles boursières, des bulles sur les matières premières. Les bulles sont aux marchés financiers ce que les guerres sont à l'industrie de l'armement : nous, financiers, ne pouvons nous enrichir qu'en créant des bulles et en les faisant exploser. De même qu'un marchand d'armes ne peut prospérer que si des conflits éclatent. Tant pis pour les dommages collatéraux. Tant pis pour les pauvres. Pas de place pour les sentiments. Les victimes s'entassent, la finance passe.

Mon vrai problème, c'est le timing. La chasse aux bulles, ça rappelle une fable de La Fontaine. Rien ne sert de courir, il faut partir à point. Et moi je cours. Deux fois, je suis parti à point, j'ai couru, et je suis arrivé premier. Et j'ai gagné. Beaucoup. Deux autres fois, je suis parti trop tôt. Je me suis essoufflé, et c'est moi qui ai explosé avant la bulle. J'ai tout perdu. Tout. Retour à la case départ. Avec vingt ans de plus et un terrible coup au moral.

Je suis devenu une star en 1987. J'étais à l'époque le trader vedette de la banque la plus agressive de Wall Street, une banque de tueurs, de *hitmen*, de *wise guys*, une banque tellement agressive qu'elle a fait faillite en 1990, Birnbaum Brothers. Je tenais déjà un journal, sur le Net de l'époque, un réseau d'informations ouvert aux traders. Tous les jours un petit commentaire. En août, alors que l'euphorie était à son comble et les marchés au plus haut, j'ai commencé à annoncer un grand krach pour les semaines à venir. J'avais une forte conviction. Le 19 octobre 1987, Wall Street s'est effondré. Je suis devenu « Sam Ventura, le golden boy de la place de Paris ». Un grand quotidien m'a consacré sa une et un hebdo a publié mon portrait en pleine page... Mais surtout, j'avais misé 500 000 francs sur la baisse.

250 000 francs de mon bonus de 1986, un bonus record pour moi, et 250 000 francs que j'avais empruntés à un ami. En un mois, les 500 000 francs sont devenus 4 millions de francs. Une fortune pour l'époque ! Et le vrai début de mon aventure.

Une aventure qui s'est terminée en 1999. Le 8 novembre 1999, très exactement. Le jour de mes quarante ans, j'ai tout perdu, tout et plus même. Tout perdu alors que j'avais la bonne idée... mais trop tôt. J'ai perdu les 8 millions d'euros que j'avais regagnés en cinq ans après ma première faillite en 1994 qui m'avait déjà lessivé de près de 5 millions d'euros. Plus 4 millions d'euros que j'avais empruntés pour pouvoir continuer à jouer. J'ai dû vendre mon appartement de 350 m² avenue Georges-Mandel, au cœur du XVIe chic, et ma baraque dans les parcs de Saint-Tropez.

À quarante ans, j'étais ruiné. J'avais misé sur l'explosion de la bulle technologique. Je trouvais les valorisations des actions Internet aberrantes. J'avais décidé de jouer la baisse du marché technologique, *the* marché, le Nasdaq. En juillet 1999, dans une interview qui avait fait du bruit, j'avais assené : « La nouvelle économie est une arnaque, la bulle Internet va exploser, et les morts se compteront par milliers. » Tout dans la nuance. J'ai commencé à jouer la baisse à cette époque. Et plus le marché montait, plus je remettais au pot. J'étais tellement sûr de mon coup que j'ai fait tapis. En novembre, le Nasdaq flambait encore. Je n'avais plus rien. J'ai fait le tour de copains qui avaient gagné des fortunes grâce à mes conseils. Ils m'ont prêté de l'argent. Jusqu'à 4 millions. J'ai frappé à toutes les portes. Le 8 novembre, je devais rajouter un million d'euros ; sans cela, j'avais l'obligation de liquider mes positions et perdre les

12 millions d'euros que j'avais pariés. J'ai tenté d'emprunter un million d'euros. J'étais en transe. Pour me recaver, j'étais prêt à vendre ma mère, mais personne n'en aurait voulu. Mes amis ont eu peur. Ils ont refusé de m'aider. Le soir même, à 22 heures, on me forçait à tout liquider.

Le krach a bien eu lieu. Cinq mois plus tard. Cinq mois trop tard. En mars 2000. Pour l'anecdote – une anecdote qui m'a empêché de dormir pendant près de cinq ans –, si j'avais conservé mes positions à la baisse du Nasdaq pendant cinq mois de plus, je récupérais ma mise et, fin décembre 2000, mes 8 millions d'euros se seraient transformés en 40 millions d'euros.

Il m'a fallu plus de cinq ans pour me remettre et près de sept ans pour rembourser toutes mes dettes.

Ma force : la prévision des bulles... Ma faiblesse : le timing...

Je suis épuisé d'y penser. J'ai mal. Très mal. La plaie s'est rouverte. Elle ne cicatrisera jamais.

Je n'ai plus la force de bouger. Je m'endors tout habillé sur le canapé. Malade. Fiévreux. ELLE me hante. ELLE rit. ELLE se moque de moi. ELLE m'embrasse et s'envole sur son balai de sorcière...

## Mercredi 26 mars

Euro/$ : 1,5600. Or : 939 $. Pétrole : 101,80.
Le CAC ouvre à 4 688.

Encore « Ventura Highway », d'America. J'ouvre les yeux.

Non. Mon studio ne s'est pas transformé en appart de rêve. 35 $m^2$. Moche. Très moche. Triste. Très triste. Vide. Très vide.

Avec le prix que je paie, je pourrais avoir 70 $m^2$ au moins en banlieue, mais je n'arrive pas à quitter le XVIe. Je m'accroche. On me martèle les doigts à coups de pied pour que je lâche les beaux quartiers, j'ai les mains en sang, mais je ne lâche pas prise.

À deux pas du lit, une table. Avec les restes d'un ersatz de dîner. Quelques spaghettis collés à l'assiette. J'ouvre la fenêtre. Ça pue la bouffe. Ou la transpiration. Ou les deux.

Et j'ai mal au crâne. Un vrai réveil de déprime. Il va bien falloir que j'oublie cette putain de faillite. Un souvenir qui me ronge comme un cancer.

Après l'euphorie d'hier, les marchés d'actions s'essoufflent. Le système financier est vraiment en lambeaux. Comme moi.

La crise immobilière américaine a provoqué un véritable séisme depuis cet été. On découvre chaque jour l'étendue de la bêtise, voire de la malhonnêteté, des financiers. Les plus grandes banques ont complètement perdu la raison. Elles ont risqué des milliards d'euros sur des investissements quasi fictifs. Et elles annoncent chaque jour des milliards d'euros de pertes. Ce n'est pas fini. Sans les banques centrales, la FED (Banque centrale américaine) en tête, la plupart des banques seraient aujourd'hui en faillite. Elles sont virtuellement en faillite.

Bear Stearns, le plus gros acteur des subprimes, ces crédits immobiliers toxiques, cinquième banque d'affaires américaine, a déposé les armes. La grande banque commerciale JP Morgan l'a croquée en un week-end. Et le marché parie sur la prochaine victime. On cite Lehman Brothers, la quatrième banque d'affaires, Merrill Lynch, ou encore Citigroup, la première banque américaine. Difficile dans ce contexte de se ruer vers les actions.

Surtout que les États-Unis publient tous les jours des statistiques économiques de plus en plus déprimantes. C'est la récession. Ce n'est pas le krach de 1929, mais c'est une vilaine crise, très vilaine crise même, provoquée par l'industrie financière et son appât du gain. Et c'est la mort de Wall Street.

Heureusement que l'extrême gauche et les syndicats ne comprennent rien. S'ils savaient réellement ce qui se passe, ils auraient de quoi faire un Mai 68, quarante ans après, en plus violent. Pour un peu, j'aurais honte d'être dans la finance. Bof, n'exagérons rien.

Avoir fait fortune deux fois, c'est certainement une force. Je l'ai fait, je peux le refaire. Avoir tout perdu deux fois est une arme secrète : il y a des erreurs que je ne referai plus. Impossible de repasser si près du gouffre.

La période de « chasse » est excellente pour moi. La finance se nourrit des excès des imbéciles à l'optimisme béat. J'aime les ambiances de chaos. Quand tout le monde est perdu, je trouve ma voie. Spéculer, dans l'environnement actuel, c'est tirer dans la nuit avec un viseur à infrarouge face à des ennemis qui avancent à l'aveuglette. Une bonne période pour *sniper*. Attendre patiemment. Des heures, des journées sans rien faire, puis une bulle se présente, et pan ! En plein dedans.

Je vais *sniper*. J'aime ce terme. *Sniper* sur les marchés financiers. Pas sur tous les marchés. Il faut que je reste concentré.

Je vais me concentrer sur les marchés que je connais le mieux : l'euro, contre le dollar, le CAC, le pétrole et l'or. Difficile de tirer sur des cibles mouvantes. Quatre, c'est bien. Largement suffisant, même. La dispersion nuit à la précision. Si, par contre, il y a des opportunités criantes sur des actions, je ne m'interdirai pas d'en profiter.

John Rambo se prépare à la traque. Il attache un bandeau autour de la tête. Il déchire ses manches de chemise pour faire saillir ses muscles... Vas-y, John. Tue-les.

Un peu eighties, mes références... Vous avez dit ringard ? J'assume.

## Jeudi 27 mars

Euro/$ : 1,5800. Or : 951 $. Pétrole : 106,31 $.
Le CAC ouvre à 4 660.

Il n'arrête pas de pleuvoir. Sale temps pour les motards. Ma Harley ne tient pas la pluie. C'est une moto pour la Route 66, pas pour Paris et ses taxis style Mad Max. Dans chaque virage, je suis à la limite du dérapage et, sur les marchés, les investisseurs aussi.

Ils sont déprimés et risquent la sortie de route à chaque mouvement. Ils étaient euphoriques, trop, il y a un an. Aujourd'hui, ils voient la vie en noir foncé.

Hier, l'événement sur les marchés, c'était la chute du dollar et la remontée de l'euro. Toujours pour les mêmes raisons : des chiffres économiques américains nases, et le patron de la Banque centrale européenne, Jean-Claude Trichet, qui refuse de baisser les taux d'intérêt par peur de l'inflation. Du coup, le pétrole et l'or ont flambé.

Sarko est en visite chez la reine d'Angleterre avec sa Marie-Antoinette. Le gouvernement a réinstauré le lundi de Pentecôte jour férié (ouf ! le pays respire !) et il pleut toujours.

Je doute, encore et encore : est-ce que j'y arriverai ? Est-ce que je suis capable de refaire fortune ?

La pluie me perturbe, sûrement. Ça va passer. Il faut que je reste concentré. « Focused », comme disent les Américains. *Focalisation is the key of success. OK. Fine.*

Bon. On reprend. Je vais jouer sur le CAC, l'euro, l'or et le pétrole. Et de temps en temps quelques actions françaises. Ma mise de départ sera forcément faible. C'est un problème.

J'ai tout perdu, et plus en novembre 1999. Je viens à peine de finir de rembourser mes dettes. Il ne me reste pas assez pour me reconstituer un patrimoine.

Je peux emprunter de l'argent. Pas beaucoup. En fait, mes copains ont été plutôt sympas avec moi. J'ai quand même mis sept ans à leur rembourser 4 millions d'euros ! Mais aujourd'hui, je ne peux compter que sur une seule personne, Sunee. Un trader. Une sœur.

— Salut, Miss, je te dérange ?

— Non. Et toi, toujours en retraite ?

J'adore son accent. Il me met instantanément de bonne humeur et me rappelle nos souvenirs communs, des souvenirs de trading... Que des bons souvenirs.

— Je ne suis pas à la retraite. Je prends du recul.

— Attention de ne pas tomber à la renverse. Tu as vu le délire, sur les marchés ?

J'entends l'excitation dans sa voix. On se refait pas. Trader un jour, trader toujours...

Sunee a commencé le trading à vingt ans. Une autodidacte ou presque. Elle avait débarqué de Thaïlande en France sans autres armes qu'une ambition et une détermination hors du commun. Et un sens animal du trading. Un instinct de chasseur. Pas de raisonnement macroéconomique, pas d'analyse technique, juste le feeling. Elle est entrée dans une salle de marchés comme petite main administrative, a été remarquée par un trader qui l'avait vue intéressée par tous ces chiffres qui bougeaient sur les écrans. Il lui a donné sa chance avec une petite position. Elle a gagné une fortune en quelques jours sur le dollar. À l'instinct. Elle a grimpé alors les échelons... À trente-cinq ans, elle était patronne de la salle des marchés et le trader le plus craint de Paris.

Je lui réponds d'un ton aussi indifférent que possible :

— Oui. De loin... Je ne suis plus dans le coup, tu le sais bien.

— Menteur. Je ne te crois pas. Je suis certaine que tu te fais des petites lignes en cachette.

— Non, je te jure.

Serment d'alcoolique... elle ne relève pas. J'ai une dernière hésitation, puis je saute à l'eau :

— J'ai un petit service à te demander, ma petite sœur.

— Attends, je branche mon système d'alarme.

— Pas d'inquiétude. J'ai besoin que tu me prêtes un peu d'argent, c'est tout. Pour un projet immobilier...

— Pas besoin de me donner des détails. Il te faut combien ?

— 100 000 euros, c'est possible ?

— No problemo.

— Je te les rends rapidement, je vais monter un crédit bancaire...

— Tu me les rendras quand tu pourras. *Don't worry.* Je ne te dis pas *Be happy* car je sais que tu ne peux pas.

— *Good joke*. Merci. Je te revaudrai ça.

— Viens plutôt nous voir en Corse, un de ces jours. Mon mari s'ennuie...

Je ne demande pas mieux. La villa de Sunee, dans

le domaine de Sperone, près de Bonifacio, est un havre de paix. On y est loin de tout, même des écrans d'ordinateurs. Car Sunee est non seulement un ange bienveillant, mais un ange sage. Arrivée au sommet de sa carrière, dotée d'un patrimoine en or massif, elle a tout arrêté. Du jour au lendemain. Un joueur de roulette qui apporte ses jetons à la caisse et part avec le gros lot. Rarissime. Depuis, elle s'occupe de ses enfants et de sa famille, passe ses vacances en Corse à faire de la cuisine thaïe en regardant la Grande Bleue.

— Avec plaisir. Je te rappelle. Je t'envoie par mail les coordonnées de transfert.

Voilà pour la partie facile du challenge.

100 000 euros, c'est peu. J'aurais pu demander plus à Sunee ; elle n'aurait pas refusé. Mais je ne veux plus de dettes. J'ai déjà donné.

Dans le monde du trading, 100 000 euros c'est du *pocket money*, de l'argent de poche. Mais, sur les marchés à terme, ça me permet de jouer, avec l'effet de levier, sur 2 ou 3 millions d'euros.

Deux jours pour qu'elle transfère l'argent sur mon compte de trading ; je peux démarrer lundi.

Mon compte de trading est resté ouvert toutes ces années. Sans un euro dessus. Pas réactivé depuis 1999. Ça fait tout drôle, de le relancer.

Il me reste deux jours pour choisir ma première opération. La première opération, c'est toujours important. Le premier trade. Comme la première rencontre avec une femme. À la clé un coup de foudre, l'envie de vomir ou, pis, l'indifférence.

J'espère que ce premier coup-là me fera vibrer.

## Vendredi 28 mars

Euro/$ : 1,5780. Or : 945 $. Pétrole : 106,90 $.
Le CAC ouvre à 4 717.

Je suis passé au kiosque, comme tous les matins.

Difficile de trouver des kiosques ouverts avant 7 heures. Il y en a un avenue Kléber, à deux pas du bureau.

Sur tous les journaux français, une photo de Carla à la une. Sur tous les journaux anglo-saxons, la photo d'un financier à la une.

Je me jette sur le *Financial Times*...

J'adore les marchés et la finance, mais je hais les financiers qui se prennent au sérieux. Et les financiers se prennent tous au sérieux. Surtout quand ils ont réussi... Des jeunes blancs-becs qui débarquent sur les marchés à vingt-trois ans, gagnent 1 million d'euros à vingt-huit ans et pensent qu'ils sont les rois du monde sans savoir qu'ils seront virés à trente ans et qu'ils ne pourront rien faire d'autre le reste de leur vie.

Mais c'est aussi le cas de certains seniors des marchés comme John Meriwether, dont le visage s'étale ce matin en première page du *Financial*

*Times*. Dans les années 1980, il était le trader vedette d'une des plus grandes banques d'affaires de l'époque, Salomon Brothers. Il gagnait des milliards pour sa firme et pour lui. Il était même un des héros d'un livre culte sur la finance de l'époque, *Liar's Poker* de Michael Lewis. Dans les années 1990, il a pensé avoir trouvé la martingale et a ouvert son propre fonds. LTCM. *Long Term Capital Management.* Un de ces noms ronflants que la finance adore, car ils rassurent et ne veulent rien dire. Il a monté une équipe de gestion de prestige qu'ont rejointe pas un, mais deux Prix Nobel d'économie. Au début, le fonds cartonne. Et Meriwether était de plus en plus sûr de lui. Il a pris de plus en plus de risques. En 1998, le fonds a explosé. Il a englouti des milliards de dollars et mis en péril l'ensemble du système financier mondial. La plupart des banques américaines avaient prêté des montants colossaux à LTCM pour lui permettre de spéculer avec un effet de levier de 50 : LTCM mettait 1 milliard de dollars de « mise » et les banques lui prêtaient 49 milliards de dollars pour jouer. Le problème était que les pertes de LTCM portaient non pas sur le milliard mais sur les 50... que le fonds n'avait pas. La Banque centrale américaine a dû monter une opération de sauvetage historique. La crise est passée. Le fonds a disparu. Et les banques ont été sauvées. Jurant qu'on ne les y reprendrait pas.

L'histoire aurait pu s'arrêter là. C'était sans compter avec l'avidité et la bêtise de certains investisseurs. John Meriwether a refait surface quelques mois après la faillite. Il ne s'est pas démonté. Il a expliqué qu'il y avait une petite erreur dans son système précédent que la crise lui avait permis de corriger. Maintenant, c'est sûr, il tient une martingale... Et les investisseurs l'ont cru. Ils lui ont confié 4 milliards de dollars pour se refaire. Ce qui devait arriver arriva...

Meriwether a annoncé hier qu'il avait perdu une partie importante de la mise et, pis encore, qu'il n'avait pas suffisamment d'argent dans les caisses pour rembourser les investisseurs. Ceux-ci vont devoir attendre un à deux ans pour récupérer les miettes de leur mise initiale.

Incroyable, non ? En fait, non.

La finance n'est pas le milieu de spécialistes qu'on imagine. C'est un repaire d'arnaqueurs, mais, à la différence des petits arnaqueurs de rue, leurs arnaques se comptent en milliards, et les victimes sont toutes consentantes. Je ne crache pas dans la soupe. Je voudrais juste qu'elle soit plus claire, sans grumeaux indigestes.

Sunee m'a confirmé que l'argent arriverait lundi sur mon compte. Je vais pouvoir démarrer. Je n'ai pas raté grand-chose. Les marchés ont peu bougé. Sarko a déclaré en Angleterre que l'euro était trop élevé. Tout le monde s'en fout. Personne ne l'a écouté. On ne parle ce matin que des tailleurs de Carla Bruni. Le monde part en sucette mais ce qui intéresse les gens, c'est l'ourlet de Carla Bruni.

Bon, restons calme. C'est bientôt le week-end. Je vais en profiter pour décider de ma première position, de mon premier coup.

Les prévisions météo sont excellentes, dans le Sud. J'ai besoin de changer d'air. Je vais rejoindre un camp d'entraînement. L'équipe de France va à Clairefontaine avant un grand match pour respirer l'air de la forêt. Moi, c'est l'odeur de l'argent que j'ai besoin de respirer avant mon combat. Quel est le pauvre type qui a dit que l'argent n'avait pas d'odeur ?

L'air de l'argent, à une heure de Paris, je sais où le trouver...

— Hôtel Eden Roc Cap-d'Antibes, bonjour...

— Bonjour, monsieur Ventura à l'appareil.

— Monsieur ?

— Monsieur Ventura...

Silence embarrassé du responsable des réservations.

— Oui. Que puis-je faire pour vous ?

Quelle claque ! Mon nom ne lui dit rien... C'est vrai que cela fait dix ans que je n'ai plus mis les pieds là-bas mais quand même ! J'y ai eu une suite presque à la saison pendant quinze ans... L'ingratitude du petit personnel...

— Vous avez une junior suite disponible pour deux nuits ?

— Oui. Nous venons d'ouvrir pour la saison. Et avant le festival de Cannes c'est relativement calme. Nous avons de très jolies suites au rez-de-chaussée...

Même dans les palaces, la ruse mesquine est de mise. Les suites sur jardin au rez-de-chaussée sont pour les « touristes », les pigeons de passage. Les clients habituels ont les suites du deuxième étage, avec la vue. Ce pauvre type pense que je suis un ringard qui a gagné son week-end en grattant un ticket de Tac O Tac. Ils ont vraiment oublié qui j'étais !

— C'est très gentil mais je préfère une suite au deuxième, si vous avez une disponibilité...

— Bien sûr. On vous envoie une voiture à l'aéroport ?

— Non, merci. Je serai là ce soir tard. Je prends le dernier vol d'Air France.

— Pas de problème. Une seule personne ?

— Oui.

— Bien noté, monsieur Ventura. À ce soir.

Une seule personne ? Eh oui. Une seule personne ! Cela fait des mois que je suis « une seule personne ». Je suis devenu tellement chiant qu'aucune femme ne me supporte.

— Tu veux partir en voyage ? m'a dit l'une.

— Non.

— Bon, OK, salut.

— Tu veux qu'on prenne un appartement à deux ? m'a demandé une plus téméraire.

— Non.

— Bon, OK, salut.

— Tu te rappelles mon prénom ? a lancé la plus agressive.

— Non.

— Bon, OK, salut... salaud.

Mon ex-femme, elle, m'a demandé de partir il y a longtemps... d'un commun accord. Pour d'autres raisons.

Puis ELLE est venue. Le démon en personne. Elle a fait un bout de chemin avec moi, un voyage en première classe. C'est moi qui lui ai demandé de partir. Le danger était trop grand. Je ne voulais pas mourir.

Je vais me trouver seul comme un idiot dans un des endroits les plus romantiques du monde. Mais j'y vais pour mon entraînement. Est-ce que Rambo s'embarrasse d'une gonzesse pour faire la guerre ?

Ce week-end va me coûter 4 000 euros. Ce n'est pas une dépense, c'est un investissement. Une cure de pognon avant de me relancer dans la course. 4 000 euros pour une dose de coke de première bourre, c'est peu.

## Samedi 29 mars

— Monsieur Ventura ! Quel plaisir, cela fait des siècles !

Enfin quelqu'un qui me reconnaît, à l'Eden Roc. Giulio, le plagiste italien. Il a reçu de l'avancement, visiblement, puisqu'il est devenu responsable de la piscine. Un grade très élevé quand on sait que le moindre matelas coûte 200 euros à la journée.

Il est vrai qu'avec tous les pourboires que je lui ai donnés, il a eu de quoi s'emplir un garage de Ferrari...

— Cela fait dix ans. Exactement.

— J'ai cru que vous aviez quitté la France, monsieur Ventura...

— Ou que j'étais mort ?

Giulio fait mine de ne pas avoir entendu. Il fait un large geste théâtral du bras pour me désigner le coin le plus prisé de la piscine.

— Votre matelas habituel ?

— Pourquoi pas, reprenons les bonnes vieilles habitudes. Et un espresso.

— Un double avec sucrette et une demi-Évian, monsieur Ventura.

— Bonne mémoire, Giulio, bonne mémoire...

Drôle d'impression d'être là. Grisant d'entendre son nom prononcé comme avant, comme un membre de la caste des privilégiés. L'impression de revenir parmi les vivants, les vrais.

Je n'ai pourtant rien à foutre ici, je suis un imposteur. Je n'ai pas refait fortune. Je suis un ex-winner néo-loser. Heureusement, personne ne semble se rendre compte que je ne suis plus, ou pas encore, à ma place ici. La piscine creusée dans les rochers est toujours aussi époustouflante, la vue de la mer à couper le souffle, l'alignement des matelas blancs sur le sol en pierre clair fascinant, les bateaux ancrés au large, obscènes.

J'aspire une grande bouffée d'air. Ça sent bon le pognon. Je retrouve cette odeur qui m'a enivré pendant toutes ces années de marchés financiers.

On m'a souvent demandé comment et pourquoi on devenait un homme de marchés. Quel événement de la petite enfance poussait des hommes ou des femmes (plus rare) à passer leurs journées devant des écrans à regarder le prix d'une action, d'une devise, d'une matière première descendre ou monter, dans l'attente d'un gros lot pour lequel ils ont pris des risques parfois délirants. J'avoue que je n'ai pas de réponse satisfaisante.

Je sais comment je suis devenu homme de marchés. Par hasard. Ou plutôt par chance.

Voilà la clé peut-être : la Chance avec un grand C.

J'ai toujours cru que j'avais de la chance. C'est ma mère qui m'avait mis cette idée en tête depuis mon plus jeune âge. À force de s'entendre répéter, à n'importe quelle occasion, quotidiennement « tu as vraiment de la chance », « quelle chance tu as », « tu vois, ils t'ont choisi, je t'avais dit que tu avais de la chance », on finit par y croire.

Pourtant, on ne peut pas dire que j'ai eu beaucoup de chance à la naissance. Quand je raconte mon enfance, on croirait Cosette dans *Les Misérables*. Mais quand j'y pense, seul dans mon coin, je vois une étoile briller au-dessus du petit Sam.

Je suis né par chance. Par malchance pour mes parents. Mon père vient d'une riche famille juive italienne de Tunisie. Il a tout perdu en trois fois. Pendant la guerre, en tant que juif, à la Libération en tant qu'Italien, à l'indépendance en tant que Français. La troisième fois a été fatale. Il a quitté la Tunisie sans rien. « Une main devant, une main derrière », comme dit Roger Hanin dans *Le Coup de sirocco*.

Nous sommes en 1956. Mon père a trente-cinq ans, ma mère vingt-huit et ils ont deux enfants de neuf ans et six ans. Moi, je n'existe pas encore.

Ils arrivent à Paris sans argent et sans qualification. Mon père devient manutentionnaire le jour et, la nuit, il trie le courrier aux PTT, la Poste de l'époque. Il travaille vingt heures sur vingt-quatre ou presque. Pour une misère. Et refuse par fierté familiale de demander de l'aide. Il ne se remettra jamais de cette longue dégringolade, lent suicide qui s'achèvera trente ans plus tard par une forme d'Alzheimer foudroyante... il faut bien mourir de quelque chose !

Ma mère vit avec ses deux enfants chez sa mère. Cinq personnes dans 30 m². Avec mon grand-père qui ronfle à faire tomber les murs. Mon père, lui, vit dans un foyer des PTT. Dans un dortoir. Il voit rarement sa famille, encore plus rarement sa femme seule.

Ça dure trois ans comme ça. Puis un jour – coup de chance ? –, il se retrouve en tête à tête avec elle, chez mes grands-parents. Quelques semaines après, ma mère apprend qu'elle est enceinte. Un drame supplémentaire... Elle pleure. Jour et nuit. Elle veut avorter mais elle a peur. Elle a mauvaise conscience. Elle m'a avoué qu'elle tentait de coincer son ventre dans les portillons automatiques du métro parisien. Cela explique sûrement mon visage allongé, ma haine du métro et mon goût pour les limousines spacieuses, mais n'a eu aucun impact sur sa grossesse.

Je nais le 8 novembre 1959 à la clinique de la Poste dans le XVe arrondissement. Nul mais pas sordide.

Ma légende voit le jour en même temps que moi. Le lendemain de ma naissance, mes parents trouvent un logement.

Certes pas un hôtel particulier villa Montmorency, mais un appartement où nous pourrons vivre tous ensemble. Selon ma mère, c'est grâce à moi. La graine de trader vient d'être plantée !

Revenons au logement. C'est un hôtel de « préfecture », un foyer pour immigrés, pas un vrai immeuble. À Montreuil. Pas de salle de bains. Une cuisine et une grande pièce dans laquelle je dors jusqu'à l'âge de onze ans, avec mes parents... Et de l'autre côté du couloir, glacial en hiver, une petite chambre où dorment mon frère et ma sœur. Au bout du couloir, loin, très loin, deux toilettes à la turque. Pour le gamin que j'étais, l'expédition vers ces deux trous à rats, c'était pire qu'un trek au pôle Nord.

Mais la famille était réunie !

Nous allons vivre onze ans dans cet immeuble de plus en plus insalubre. En 1970, après cinq ans d'attente et de rendez-vous avec les mairies et les préfectures, mon père voit enfin sa demande de HLM acceptée.

Et là, c'est tout simplement le Taj Mahal. Un

70 $m^2$, avec trois chambres, une salle de bains et des toilettes ! Encore une fois, ma mère m'attribue ce miracle qui n'en est pas un... elle oublie que nous avons mis deux fois plus de temps à obtenir cette HLM que tous les autres candidats ; elle est persuadée qu'on a eu de la chance, et grâce à moi. Je n'ai pas le choix, j'y crois aussi...

Voilà comment la légende usurpée de Lucky Sam est née.

Le socle de l'homme de marchés que je suis devenu : la Chance ou plutôt la conviction que j'ai de la chance.

Il y a aussi le goût du risque.

Le trading est une compétition en formule 1. Une course à la limite de la rupture. Tous les jours on se jette du haut d'un pont avec un élastique. Pour les bons, l'élastique tient, pour les mauvais, il casse, et ils se retrouvent en bas au milieu d'une petite mare de sang.

J'ai toujours eu le goût du risque. Par aversion pour l'aversion du risque de mes parents. Je n'ai jamais compris que mon père sombre comme cela, qu'il végète pendant trente ans dans des boulots de fonctionnaire et de manutentionnaire, des boulots minables. Il s'est tué au travail, au sens premier de l'expression. Alors que, pendant cette période faste, une petite prise de risque lui aurait permis de mieux gagner notre vie et peut-être de sauver la sienne. Quant à ma mère, c'est simple. Si on l'écoute, on ne bouge pas. On ne change pas de travail, on ne change pas de pays, même pas de trottoir sur le chemin du bureau. Tout cela me rendait fou.

Je voulais prendre des risques. Les marchés m'ont ouvert l'univers du risque absolu, du risque autorisé et valorisé ! Oubliez le saut à l'élastique, le saut en parachute, mais aussi le casino ou tous les frissons des autres activités extrêmes. Rien ne vaut le frisson des marchés quand on rêve d'argent.

L'Argent ! Nous y voilà. L'argent. Je ne sais pas à quel âge je suis devenu obsessionnel. Mais aussi loin que remontent mes souvenirs, j'ai toujours rêvé d'être riche. Très riche. Pour sortir de la chambre de mes parents, des chiottes glaciales. Je voulais une belle maison où il ferait beau et chaud toute l'année !

L'argent. L'argent. L'argent. Je crois que l'argent m'a plus obsédé que les femmes et pourtant j'ai beaucoup aimé les femmes. L'argent pour se payer le luxe, mais aussi l'argent comme mesure de la réussite. L'argent comme indicateur de performance.

Et les marchés c'est le temple de l'argent. On ne se contente pas d'adorer le veau d'or, on l'achète et on le vend toute la journée pour son profit.

Qu'on m'épargne les implorations sur les investissements socialement responsables. Hypocrisie ! Les vrais acteurs du marché sont par essence socialement irresponsables du fait d'une passion pour l'argent qui les dévore et le plus souvent les détruit.

Enfin, l'amour du jeu.

Imaginez le plus grand Monopoly du monde. Chaque jour, vous tirez plusieurs cartes de « situations » à partir desquelles vous devez prendre des décisions face à un planisphère géant. Rien ne peut égaler un jeu aussi excitant. Et j'aime le jeu. Les jeux. Les jeux de stratégie.

Chance. Risque. Argent. Jeu. Ce sont les ingrédients qui m'ont mené naturellement aux marchés. Je suis un *natural born trader*.

— Monsieur Ventura, monsieur Ventura...

— Oui ?

— Vous vous êtes assoupi. Il est 19 heures, et nous fermons la piscine. Je vous garde votre matelas pour demain ?

— Oui, merci Giulio. Je vais dîner sur la terrasse, dans ma chambre. Vous me conseillez quoi ?

— Demandez-leur une salade de roquette avec de la mozza. Insistez pour qu'ils vous donnent la mozza de la réserve personnelle de Giulio... ils comprendront. Et prenez leurs pennes au homard. Un délice.

— Merci, Giulio. À demain.

Une collation à 300 euros minimum... Lors de mon premier séjour à l'Eden Roc, j'avais failli avoir une attaque quand j'ai vu la note ; ils m'avaient facturé même le seau de glaçons alors que le Coca était tiède...

Mais c'est cela qu'on vient chercher ici. L'argent, dans toute son obscénité. Un vieux Pascal de 500 francs est plus excitant que Clara Morgane en pleine action.

## Dimanche 30 mars

Ma première vraie nuit complète depuis des semaines. Pas de cauchemar. Même pas quelques images d'ELLE. Dommage, finalement. Le lit est immense.

Sentiment furtif de solitude que je balaie en ouvrant les volets : la mer, encore. Breathtaking.

Après ma chute, j'ai souvent pensé au suicide. Au lieu du suicide, plutôt. J'avais finalement opté pour une mort face à la mer. Mais se pendre ou se défenestrer face à la mer, techniquement, ce n'est pas évident. Il restait les médicaments, sauf que, on ne le répète pas assez, les médicaments, ça ne marche à coup sûr que dans les livres. Et je n'avais pas envie de me rater. Ou peut-être, tout simplement, pas envie de mourir.

On sonne à ma porte.

Le concierge m'apporte un gigantesque bouquet. Du jasmin, surtout. Ma fleur préférée. Il part sans que j'aie eu le temps de remercier la direction pour cette délicate attention. Étonnant, quand même... Si le personnel de l'hôtel a oublié jusqu'à mon existence, comment peut-il connaître mes préférences en matière de fleurs... L'odeur du jasmin me fait oublier mes interrogations stériles.

Direction la piscine.

La plupart des places sont occupées. Il faut dire qu'il est déjà 11 heures, et qu'il fait un temps de juillet. Les matelas sont éparpillés de façon que chacun jouisse d'une totale privacy. En haute saison, c'est plus les rangs d'oignons... des oignons de luxe. Même un verre d'eau ici a le goût d'un dom pérignon millésimé. Pas seulement parce qu'il en a le prix.

Je me rends compte à quel point cette vie me manque.

Le jeu certes, mais aussi le gain. Et ce que le gain peut acheter. De mes toilettes à la turque de l'hôtel de préfecture à l'Eden Roc, c'est ce parcours qui me tournait la tête.

— Giulio.

— Oui, Monsieur Ventura.

— Raconte-moi un peu comment c'est, ici, en ce moment.

Il s'immobilise. Il me regarde fixement avec un air très sérieux et se penche vers moi avec une mimique à la Roberto Benigni. Il murmure :

— Méconnaissable. La clientèle n'a plus rien à voir avec celle de votre époque. Plus de Français ou presque. Encore quelques Italiens. L'hôtel est déjà complet à partir du festival jusqu'à la fin du mois d'août et même en septembre.

— Quelle clientèle ?

— Les Américains sont les derniers clients habituels. Des vieux milliardaires qui viennent depuis cinquante ans. Et, avec les années, ils disparaissent naturellement sans être remplacés par des jeunes Américains. Cette année, quasiment plus un seul financier de Londres. L'année dernière, ils avaient tous quitté l'hôtel précipitamment à cause de votre crise des sous-primes.

— Subprimes.

— C'est cela, subprimes. (Il secoue la tête, gentiment désolé.) Nous n'avons que des Russes, des Russes et encore des Russes. Des familles du Golfe bien sûr qui nous réservent des dizaines de chambres à la saison et qui ne viennent parfois que quelques nuits. Et des Indiens, des Brésiliens ou encore des Chinois de Hong Kong ou de Taiwan. Un nouveau monde, monsieur Ventura, un nouveau monde.

Chinois, Brésiliens, Indiens... Des pays qui s'occupent de l'émergence de leur fortune plus que de celle de leur population. Les Russes, les Saoudiens et leurs cousins du Golfe, ne savent plus quoi faire de l'argent du pétrole. L'argent des matières premières a remplacé celui de la finance. Il y a sûrement un coup à jouer là-dessus.

Je quitte l'Eden Roc avec un pincement au cœur. J'y reviendrai en vainqueur. Ou pas du tout.

Cette fois-là, il y a dix ans, quand j'avais laissé derrière moi l'Eden Roc, j'étais The master of the universe. ELLE était avec moi. Un couple brillant, scintillant. Eva et moi, trop peut-être. Je l'ai chassée de ma vie et de ma mémoire, et même de France... J'ai renvoyé la tricheuse en enfer. Mais ELLE revient. Je le sens. ELLE s'approche.

## Lundi 31 mars
## 100 000 euros

Euro/$ : 1,5780. Or : 935 $. Pétrole : 106,80 $. Le CAC ouvre à 4 650.

C'est le jour J.

Le week-end m'a dopé. J'ai bonne mine. Reposé. Plutôt beau gosse pour un quadra en fin de décennie. J'ai mis un costume Armani sur mesure pour mon retour dans le monde du jeu. Ambiance Tom Cruise, avec un zeste de Dustin Hoffman, dans *Rain Man*. Après huit années d'absence, me voici de retour au grand casino des marchés financiers. Par la petite porte, certes. Avec 100 000 euros, je fais plus grand-mère devant une machine à sous que Maverick au black jack, mais il faut bien redémarrer.

Je suis surexcité comme un puceau. Et pourtant, l'excitation, le lundi, ce n'est pas mon truc.

J'ai lu tous les journaux ou presque. Le *Financial Times*, le *Herald Tribune*, le *Businessweek*, *The Economist*. Ou encore les patrimoniaux français : *Journal des finances*, *Investir*, *La Vie financière* et *Le Revenu*. Sans oublier les généralistes. C'est souvent dans la presse généraliste que je trouve mes meilleures idées de trading.

Ou en parlant avec des observateurs comme Giulio, qui sont aux avant-postes. Quand une nouvelle est dans la presse financière, c'est qu'elle est « éventée ». Dans la presse généraliste, on trouve les traces d'humeur de la population. Française et mondiale. Trader, c'est spéculer, spéculer, c'est anticiper, avoir un coup d'avance sur l'économie. Et l'économie c'est une somme d'humeurs.

Prenons l'obsession des Français en ce moment. Non, pas Carla Bruni. Le pouvoir d'achat. Sarko a fait une énorme connerie. Il s'est engagé à améliorer le pouvoir d'achat des Français. C'est une énorme connerie, car le « pouvoir d'achat » n'est pas réellement mesurable. Et s'il est mesuré malgré tout, on va remettre en cause les indices de mesure. Depuis que notre président a parlé pouvoir d'achat, les Français se plaignent qu'il baisse. Soudain, ils ont tous l'impression que c'était « mieux avant », ce qui est faux. Mais ils sont convaincus, donc ils ralentissent leurs dépenses, donc ils provoquent un ralentissement de la croissance économique, qui provoque un dérapage des finances de l'État qui lui-même provoque un plan de « rigueur » qui aura pour impact... une vraie baisse du pouvoir d'achat. En économie comme dans la vie quotidienne et comme sur les marchés financiers, la clé, c'est la psychologie de masse.

Dans la presse, on ne parle que de crise. Aux États-Unis, bien sûr. En Europe, c'est la crise de confiance. Mon raisonnement est simple. Si l'économie mondiale ralentit, on va moins consommer de pétrole. Et le pétrole est à un cours historiquement haut. Au-dessus de 110 dollars. On n'avait jamais vu cela. En 1998, il traînait autour de 10 dollars et il valait moins de 50 dollars il y a deux ans. Et que nous disent les spécialistes, ces tocards qui arrivent toujours après la bataille ? « Il est normal que le pétrole soit cher, il n'y en aura plus dans vingt ans ! » Ce n'est pas faux, mais c'est hors sujet. Je ne parie pas sur la disparition du pétrole dans vingt-cinq ans. Je mise juste sur le fait que les spéculateurs vont commencer à vendre le pétrole pour jouer, à court terme, le ralentissement de l'économie mondiale.

Je vais intervenir sur le marché à terme de pétrole le plus actif, le Nymex, le marché de New York – un marché à terme permet de jouer sur les instruments financiers avec un fort effet de levier.

Le contrat de pétrole sur le Nymex cote ce matin 106,80 dollars. La taille d'un contrat est de 1 000 barils. Quand on achète ou qu'on vend un contrat à terme (on appelle cela un « future », en anglais), on joue sur 1 000 barils à 106,80 dollars le baril, donc, 106 800 dollars avec une mise initiale seulement de 6 000 dollars. Attention : on met 6 000 dollars, mais on perd ou on gagne sur 106 800 dollars !

J'ai pris ma décision. Je vais jouer la baisse du pétrole. À court terme.

Je vais donc vendre le pétrole à terme sur Nymex. C'est une vente réelle, mais sur un marché virtuel. Je n'ai pas de cuves de pétrole et je n'ai pas l'intention de louer des tankers. Je vends pour racheter plus bas. Je spécule. Sur les marchés financiers, on peut vendre ce qu'on ne possède pas...

Ouverture 106,80 dollars. Je vends cinq contrats Pétrole à 106,80. Mise de fonds : 30 000 dollars, soit environ 20 000 euros.

Comme je vais jouer sur quatre marchés, le CAC, l'euro/$, l'or et le pétrole plus certaines actions, j'ai décidé pour commencer de ne pas miser plus de 20 000 euros sur chaque marché.

C'est parti.

Je vais m'efforcer de ne pas suivre cette position minute par minute – cela devient vite obsessionnel, ce genre de comportement, surtout quand on démarre... On verra demain si je perds ou si je gagne. Un de mes maîtres de trading me disait : une bonne position commence toujours par un coup de pied au cul. Traduisez : on n'achète jamais au plus bas, on ne vend jamais au plus haut, on perd souvent sur une position, au début, pour mieux gagner après.

J'avoue que je préférerais gagner tout de suite...

Je ne vais rien faire sur l'or pour l'instant. Car l'or et le pétrole sont souvent liés, en ce moment.

Je jette un coup d'œil sur les actions du CAC 40.

Après la torpeur des vacances de Pâques, il règne sur les marchés une ambiance de fin du monde. Un remake d'*Apocalypse Now*. Ceux qui me reprochaient mon excès de pessimisme il y a quelques mois ont plongé dans la déprime. Ils ne croient plus à rien. Ils voyaient 6 000 puis 7 000 sur le CAC en juin 2007 ; aujourd'hui, ils se demandent même si le CAC va encore exister dans quelques mois. Le système financier, lui, est déjà condamné. Il ne manque que l'ultime catastrophe : la première vraie grosse faillite. Pas des Northern Rock ou des rehausseurs de crédit. Non. Une vraie belle faillite d'un grand nom américain. Mardi, Citigroup a dévasté Wall Street avec la rumeur qu'elle aurait besoin de nouvelles recapitalisations. Des noms circulent.

Alors ? Est-ce vrai ? Est-ce vraiment la fin du monde ? Selon mon postulat, le consensus a toujours tort ; donc la réponse est... évidemment non, ce n'est pas la fin du monde. Mais c'est la fin d'un monde. Le monde de la surliquidité, de la surspéculation, de la surmathématisation des marchés, de la surarnaque des sous-consommateurs, ce monde-là est mort. Le ménage américain, obèse d'endettement, est menacé d'anorexie. Le banquier, prêteur fou, devient emprunteur. Le Chinois, conquérant mondial, devient petit joueur national. Le développé, un recroquevillé. C'est logique. Après les excès d'euphorie, l'excès de pessimisme.

Mais c'est plutôt une bonne nouvelle. Il va falloir passer par cette phase pour reconstruire un monde plus sain et plus équilibré.

Les entreprises ont déjà connu ça. Après avoir, pour beaucoup, frôlé la faillite en 2001 et 2002, elles ont réduit, voire supprimé, leur endettement et appris à fonctionner avec des frais réduits. Le résultat est spectaculaire en termes de profits. Et c'est la bonne santé des entreprises qui empêche aujourd'hui le monde de s'effondrer. Sans la crise de 2001, pas de profits en 2007. Sans la crise de 2008, pas de système financier solide en 2012. Nous assistons à une véritable mutation. Une mutation positive. Vers un monde meilleur. Il faut juste être patient. Alléluia ! mes frères !

La plupart des investisseurs ont peur que les actions rechutent. Je suis persuadé qu'elles vont rebondir. Mais je préfère les laisser paniquer encore avant d'acheter. Si je peux payer moins cher, ce sera tout bénéfice.

Je vais donc guetter. Comme un sniper. Un sniper installé sur 5 000 barils de pétrole qui peuvent exploser d'un moment à l'autre...

## Mardi 1er avril
## 116 000 euros

Euro/$ : 1,5730. Or : 910 $. Pétrole : 101,70 $.
Le CAC ouvre à 4 700.

Le réveil sonne. « Ventura Highway ». Again...

C'est le jour du verdict. La chance du débutant ou la lose qui me poursuit ? Réponse à mon arrivée au bureau.

Je pourrais allumer la radio pour avoir les cours sur BFM ou mettre la télé et voir les cotations sur CNBC mais non. Je ne suis pas prêt. Je prends mon temps. Je roule doucement en moto.

Je n'ai besoin de personne en Harley Davidson ? Je n'en suis pas si sûr ce matin en me dirigeant vers le centre d'affaires.

Mon bureau est impeccable. Rangé militairement. Pas un papier en trop. Pas un stylo qui dépasse. La femme de ménage est une perle... J'accroche ma veste de moto sur le portemanteau. Comme chaque matin. Puis ma veste de costume. Je pose les journaux sur ma table de réunion. J'allume la petite lumière à côté de mes ordinateurs. Un dernier coup d'œil aux photos de Cartier-Bresson qui trônent au-dessus de mon fauteuil : Gandhi m'observe. Il sait si j'ai gagné ou perdu mais son visage ne trahit aucune émotion.

Je n'ai pas pu m'empêcher de fermer les yeux au moment d'allumer les deux écrans noirs qui rythment mes journées.

Peur de voir les cours d'ouverture. Peur de perdre. Peur de retourner la carte, celle qui va me sortir du jeu.

*And the winner is...* Moi !

La première prise de position est largement gagnante. C'est la première fois de ma vie que je gagne sur un premier coup !

Le pétrole s'est tout simplement écroulé hier. L'or aussi, avec toutes les matières premières. Raison officielle donnée par les journaux ce matin : les inquiétudes sur la croissance américaine. C'est ça, l'alchimie du timing. Les inquiétudes sur la croissance américaine étaient là hier, oui, mais aussi vendredi ou encore une semaine avant. Alors pourquoi la baisse a-t-elle eu lieu hier et pas vendredi ? Mystère... Peut-être pour que j'aie le temps de prendre ma première position.

Dommage que je n'aie pas vendu également l'or, hier. J'aurais fait un carton plein. C'était trop risqué... Bon, on fait les comptes. J'ai vendu cinq contrats de pétrole à 106,80 dollars ; ils valent 101,70 dollars. J'ai un gain potentiel de 5 × (106,80 – 101,70) × 10 = soit 25 500 dollars soit 16 000 euros.

Après la joie, les problèmes.

Le gain n'est que potentiel. En effet, pour que je gagne vraiment mes 16 000 euros il faut que je décide de racheter les cinq contrats que j'ai vendus hier. La question est là : faut-il racheter parce que 16 000 euros de gain en une journée pour une mise de fonds sur la position pétrole d'environ

20 000 euros, c'est énorme ? Ou faut-il conserver la position, car j'ai la conviction profonde que les matières premières vont continuer à chuter ? Le paradoxe est que, si, aujourd'hui, le pétrole était monté au lieu de baisser et si j'avais perdu de l'argent, potentiellement, au lieu de gagner de l'argent, j'aurais gardé ma position sans me poser de questions. En me disant : « Je ne vais pas changer d'idée uniquement parce que je me trompe sur une journée. »

On est au cœur du trading. Le trading est plus question de psychologie que de technique. Or nous sommes « asymétriques ». Nous sommes naturellement plus résistants à la douleur qu'au bonheur... De ce fait, le problème d'une grande majorité de traders débutants, c'est qu'ils laissent courir leurs pertes mais prennent au plus vite un profit.

Par exemple, un investisseur novice (souvent même confirmé) achète l'action Alcatel. Elle perd 5 % en un mois. Il se dit : « Bof, ce n'est pas grand-chose, c'est une bonne action, elle va remonter. » Elle perd encore 20 %, et il commente : « Maintenant je n'ai plus rien à perdre, elle a déjà perdu 25 %. Elle ne peut pas perdre beaucoup plus. » Elle perd encore 15 % et il conclut : « Bon, j'oublie cette position ; ce n'est pas de la spéculation mais un investissement à long terme... au pis, je la léguerai à mes enfants. » C'est comme cela que les dix générations à venir vont crouler sous les actions Euro-Tunnel, un vrai désastre boursier que parents et grands-parents ont décidé... de transmettre à leurs descendants ! En sens inverse, si l'investisseur achète Alcatel et qu'elle monte de 10 % en un jour, il ne se pose jamais la question, il prend son profit et jubile :

« 10 % en un jour, c'est génial, je suis vraiment un trader-né. »

Seulement voilà, si on perd 50 % d'un côté et qu'on gagne 10 % de l'autre, au total, on perd.

C'est exactement le contraire qu'il faut faire. Laissez courir ses gains et prendre rapidement ses pertes. Facile à écrire, mais très difficile à réaliser.

Et moi ? J'ai l'impression d'avoir Jean-Pierre Foucault en face de moi. « Alors ? Vous partez avec vos 16 000 euros ou vous continuez au risque de tout perdre ? » Le public crie : « Continue, continue... » Il s'en fout le public, ce n'est pas son fric et il est jaloux que vous ayez gagné si facilement – gagner si facilement ! La famille, elle, est blême. L'épouse prostrée n'ose prononcer le mot, mais tout son visage lui hurle : « Arrête ! »

Alors ? Stop ou encore ?

Je ne suis pas là pour enfiler des perles. Je veux faire fortune, pas gratter un peu de beurre pour les épinards. 16 000 euros c'est beaucoup, mais ce n'est pas la fortune. D'un autre côté, c'est le premier deal, et, psychologiquement, un premier deal gagnant injecte une dose d'énergie positive pour la suite.

On prend ? On ne prend pas ? Allez... On prend. 16 000 euros en un jour, c'est bien.

Me voici donc avec 116 000 euros. Aucune position. Je fais quoi ?

L'erreur classique, quand on a gagné, c'est de « s'envoler », de se croire très fort. Il faut au contraire être conscient d'avoir eu de la chance. Si on se prend pour une star, la claque est assurée.

Il y a toutefois une position qui me titille depuis la semaine dernière. C'est la baisse de l'euro. Ce matin, il vaut 1,5730. Il a déjà baissé. Ça va continuer, je crois. L'euro va baisser, le dollar monter. Pourquoi ? Parce que la hausse de l'euro a été le mouvement joué par les spéculateurs. Les mêmes qui ont fait monter le pétrole et l'or. Et j'ai le sentiment que, de façon générale, la spéculation s'essouffle. De plus, l'économie européenne commence à montrer des signes d'affaiblissement. Il n'y a pas que l'économie américaine qui souffre. Et si l'économie européenne souffre, l'euro baisse.

Alors, on y va. On vend l'euro et on achète le dollar.

Le contrat à terme sur l'euro/$ se traite sur un des plus grands marchés à terme du monde, Chicago, et plus précisément sur le CME (Chicago Mercantile Exchange). Un contrat est égal à 125 000 euros et il faut mettre 5 000 dollars, soit seulement 3 200 euros, pour jouer sur 125 000 euros !

Je vais vendre huit contrats d'euros ? Pourquoi huit ? Parce que c'est mon chiffre porte-bonheur, et parce que cela fait une mise de fonds d'environ 25 000 euros, soit moins d'un quart de l'argent que j'ai maintenant, 116 000 euros. Un quart pour pouvoir prendre des positions sur quatre marchés. J'appelle mon courtier. Le job d'un courtier est d'exécuter les ordres des clients sur les marchés. On appelle cela un broker, en anglais. Voilà c'est fait.

Vendu huit contrats euro/$ à 1,5730.

C'est le 1er avril. Sympa, le concept du 1er avril. On peut dire tout ce qu'on pense, et s'en tirer avec un : « Poisson d'avril ! » ; « Toi, tu m'ennuies, je me casse. Poisson d'avril ! » ; « Toi, t'es plus mon ami. Poisson d'avril ! » ; « Toi, tu es jolie, mais tais-toi. Poisson d'avril ! » ; « Toi, tu es nul en affaires, fais plutôt de la danse. Poisson d'avril ! »

Et pour moi : « Toi, tu ne referas jamais fortune.

Poisson d'avril ? » ; « Toi, tu es un loser ; laisse tomber la finance. Poisson d'avril ! »

Je vais fêter mon premier gain. Seul. Comme d'hab. Tabac Flor de Cuba, avenue Raymond-Poincaré.

— Un roméo et juliette nº 3 s'il vous plaît.

— Je vous le coupe ?

— Oui. Vous le faites mieux que moi.

— C'est pour fumer tout de suite ?

— Oui. Merci.

Il coupe le cigare d'un coup sec et l'allume avec son briquet Prince Torch, un petit chalumeau spécial cigare. Patiemment et lentement. Il fait danser la flamme. La cérémonie m'excite plus que le cigare lui-même.

— Voici, il est prêt.

Ce type est incroyable. Il me tend le cigare avec une lueur de tendresse et une dose de tristesse. Le père biologique confie le bébé au père adoptif.

Je n'ai jamais fumé de cigarettes. Trop commun. À quarante ans, j'ai essayé la pipe. Seul, le soir. Grotesque. Ambiance tête de capitaine Haddock sur une boîte de sardines.

Je tente le cigare. Style « années fric ». Caricatural, et ça emmerde tout le monde à cause de l'odeur. C'est peut-être ça qui m'attire.

Il fait chaud. Je m'assois sur un banc, place du Trocadéro. Face à la tour Eiffel illuminée. Comme un plouc. Comme un clodo. Comme les deux à la fois. Une demi-heure pour savourer cette petite victoire. Et pour réfléchir à un dilemme qui me hante depuis la petite enfance : 21 juin ou 21 décembre ? Je n'arrive toujours pas à trancher. Je rentre.

## Mercredi 2 avril
## 126 000 euros

Euro/$ : 1,5580. Or : 885 $. Pétrole : 101,30 $.
Le CAC ouvre à 4 910.

À quoi je pense en me rasant, ce matin ? À redevenir riche. Pas vraiment une surprise. Je suis aussi obsessionnel que l'autre, qui voulait être président. Lui a réussi.

Je pense à l'argent et je pense à Eva. Dire que je l'avais oubliée, vraiment, et voilà que je pense à elle toutes les nuits. ELLE. Malgré le mal qu'elle m'a fait. Malgré le mal qu'elle s'est fait.

Bon. Bilan du jour. Il est mitigé. La souffrance quotidienne du trader...

Je pourrais me réjouir. J'ai vendu l'euro/$ hier à 1,5730 et il a baissé : 1,5580. C'est un beau mouvement. Mais le mouvement d'hier, le vrai, celui qu'un professionnel ne devait pas manquer, c'était la hausse des actions. Le CAC a rebondi de plus de 4 % en une journée et on n'avait pas vu cela depuis des mois. Et le CAC fait partie des quatre marchés que je dois suivre, et sur lequel je dois intervenir. Certes, je n'ai pas perdu d'argent. Mais rater un mouvement comme celui-ci, qui ne se reproduira pas avant longtemps, c'est une faute professionnelle, une faute grave. Une faute qui vient gâcher la fête de l'euro. Sans compter que sur le pétrole, si je n'avais pas pris mon profit d'hier, j'aurais encore gagné de l'argent.

Le trading ressemble à la vie de tous les jours. Cela ne sert à rien de se lamenter sur les occasions manquées, mais il faut tout de même comprendre pourquoi on les a manquées, en tirer des enseignements et vite tourner la page. Pourquoi n'ai-je pas joué la hausse du CAC, hier ? Probablement parce que j'étais un peu trop excité par le gain rapide sur le pétrole. Probablement aussi que je n'ai pas encore le courage de me lancer sur tous les marchés et que j'avais une plus forte conviction sur l'euro que sur le CAC. Et pourtant, je suis plutôt haussier sur le CAC. Voilà. On tourne la page.

Voyons le bon côté des choses. Sur l'euro, je gagne 8 × (1,5730 – 1,5580) × 12,50, soit 15 000 dollars, soit 10 000 euros environ.

On prend ? On garde la position ? Je prends le profit. C'est contraire à la règle de trading que j'ai évoquée hier, mais je préfère me constituer un petit matelas de sécurité. D'avoir raté la hausse du CAC m'a mis de super-mauvaise humeur, et j'ai du mal à réfléchir froidement quand je suis de mauvais poil.

Résultat : je rachète l'euro à 1,5580. Me voici donc avec mes 100 000 euros de départ plus les 16 000 de gains d'hier et les 10 000 d'aujourd'hui, soit 126 000 euros au total. C'est toujours ça de gagné.

Pas envie de prendre de position aujourd'hui. Je ne sens rien. Il faut que je me détende.

Je ne sais pas pourquoi, mais je n'ai pas la pêche. Et pourtant, l'aventure commence plutôt bien. Deux coups gagnants en deux jours cela n'arrive jamais. Mais c'est vrai que j'ai du mal à vibrer pour des petits montants. Quand j'ai quitté le casino des marchés, je jouais sur des millions, je reviens avec des milliers d'euros.

Je sais. Des milliers d'euros, c'est beaucoup d'argent... Il y a des gens qui travaillent quinze heures par jour sept jours sur sept pour quelques euros, il y a des villages en Afrique qui vivent un an avec mille euros, bla-bla-bla... Je connais tous les discours gaucho-tiers-mondo-culpabilisateurs. Ça n'empêche. Ça me déprime de jouer petit. À coups de 10 000 euros, gains ou pertes, il va me falloir un siècle pour faire fortune.

Il vaut mieux que je n'y pense pas. Je continue. De toute façon je n'ai pas le choix. Si ça marche bien, je pourrai toujours tenter de convaincre un gros investisseur de me faire confiance, de me donner quelques millions à jouer pour lui. Ça peut arriver, mais cela va me demander du temps. Avant de jouer à Roland-Garros, il va falloir que je me tape les éliminatoires de tournois de banlieue...

Il est 8 heures ; l'atmosphère est lourde, pesante. Comme le ciel. C'est fini pour ce soir. Je m'apprête à quitter mon bureau quand j'aperçois une enveloppe. Mauve. En biais sur le coin gauche en haut, il est écrit : « Personnel et confidentiel ». En majuscules, au milieu : « SAM VENTURA ». Une écriture impersonnelle. Régulière. Inconnue. Je ne sais pas depuis quand cette enveloppe est posée sur mon bureau. Je l'ouvre rapidement en la déchirant. À l'intérieur une carte avec une fleur séchée. Pas n'importe quelle fleur. Du jasmin. Sur la carte, une phrase : « *Welcome back.* » Pas de signature. J'interroge mon assistante.

La lettre est arrivée par coursier. Pas d'expéditeur. Qui peut donc me souhaiter un bon retour, un retour à quoi ? Au trading ? Je n'en ai parlé à personne. Pas très inquiétant, mais très étonnant. Peut-être mes courtiers, heureux de revoir mon compte fonctionner et leur rapporter de l'argent ? Mais pourquoi ne pas signer, dans ce cas ? Aucune importance. Un encouragement est toujours bon à prendre. Je garde le jasmin. Je déchire la carte.

Je crois que je vais rentrer. Il y a *Le Grand Pardon* à la télé. Un *Parrain* bon marché version pied-noir. J'adore ce film. Roger Hanin grandiose. Et Jean-Louis Trintignant en flic coincé et raciste : « Monsieur Betoun, je ne vous aime pas, vous sentez l'huile... » Cela m'aurait plu, d'être chef d'une grande famille. Mafieuse ? Non. Trop peur de la prison. De la mort non, mais de la prison, oui. Ou de la torture, en cas de guerre des gangs. Je ne me vois pas du tout me faire tabasser par la famille Tattaglia sans même pouvoir appeler Michael Corleone à la rescousse. *Help me, Michael, help me please !*

## Jeudi 3 avril
## 126 000 euros

Euro/$ : 1,5650. Or : 903 $. Pétrole : 104,50 $.
Le CAC ouvre à 4 920.

— Putain, éteins cette musique !

La voix me fait sursauter. Je me retourne. Je suis complètement dans le cirage. J'avais oublié. Je n'ai pas dormi seul, cette nuit. Un coup de flip, à minuit. Le démon était revenu, et, cette fois, j'ai eu peur. Je ne voulais pas passer encore une nuit avec ELLE. J'ai appelé une fille, une vraie, sans danger. Une habituée des soirées déprime. Je ne sais même pas si on a fait l'amour. Je me souviens de lui avoir ouvert la porte. C'est tout. Juste envie tous les deux d'un peu de chaleur. Marre des grands lits vides. Deux paumés.

J'arrête le CD. Dommage. Elle grogne et se rendort. Moi, je me sauve.

— Tire la porte en partant !

— T'inquiète, petit Sam ! N'attends pas trois mois pour me rappeler...

C'est pas trois mois que tu vas attendre, c'est trois siècles... Je suis de mauvaise humeur. Encore. Cela devient une habitude. Je crois que je suis de mauvais poil depuis huit ans.

Je devais être chiant, avant aussi. Mais flamboyant. Là, je suis chiant et terne.

Il paraît que des enfants, ça illumine la vie. Alors j'ai fait une erreur. Une grosse : je n'ai pas eu d'enfants. J'ai toujours refusé. Ma femme ne m'en a pas tenu rigueur. Un jour, elle m'a dégagé. Sans cris. Plus le temps d'attendre. L'horloge biologique. Elle a trouvé un chic type. Intelligent. Beau gosse. Bonne situation. Aux petits soins. Heureux de vivre. Et ils ont fait deux gosses en deux ans. Super-mignons.

J'ai peu de contacts avec elle. Mais ils sont amicaux. Son mari m'aime bien, un comble... Moi, je le hais, car il est toujours en forme. Crétin de mec heureux ! Comment peut-on être heureux dans un monde de merde ? Faut vraiment être débile. Pourtant, il n'a pas l'air débile.

Jamais voulu faire d'enfants – un monde de merde, je vous dis. Ça, c'est la version noble. La réalité est plus simple, moins lyrique. Au début de ma carrière j'étais trop débordé. Au sommet de ma carrière j'étais trop con. Au plus bas de ma carrière, j'étais trop pauvre.

Il est fort cet Yves Montand. Faire un mouflet à soixante-dix balais, quelle puissance ! J'ai quarante-huit ans et, si je meurs demain, tout le monde s'en fout. À part ma mère. Et Sunee. Et quelques autres filles qui ont croisé ma vie. Elles diront : « Ah, c'est triste » ou : « Bien fait pour sa gueule » avant de reprendre leur petite vie toute petite.

C'est vrai que je suis grognon. Pourtant, je n'ai aucune raison d'être *grumpy*. Je n'ai pas de positions perdantes. Au contraire. J'ai eu deux mains gagnantes pour mes deux premiers coups. Et je me dis que j'ai bien fait de prendre mes profits, quand je regarde les cours d'aujourd'hui. Le pétrole et l'euro sont remontés.

La vérité, c'est que j'ai des doutes. Pour rentrer dans la cour des grands... est-ce que j'ai choisi la bonne méthode ?

Je repasse dans ma tête pour la millième fois les mauvais choix qui ont plombé ma vie. Comme celui de ne pas aller à New York.

Dans les années 1990, je travaillais dans des banques d'affaires américaines. J'aurais pu m'installer là-bas en un clin d'œil. Je n'ai pas voulu. Et New York, aujourd'hui, c'est trop tard. Les États-Unis vont entrer dans une crise difficile. La finance, à New York, va souffrir. Mais ma décision est prise. J'ai quarante-huit ans. Dans moins de cinq ans, je serai installé à New York. Voilà. Je viens de décider ça maintenant. Je ne reviendrai pas sur cette décision. Juré, craché.

Je me sens un peu plus léger. Voilà pour mon programme dans cinq ans, mais maintenant je fais quoi ? Les cours ne m'inspirent pas beaucoup.

Le CAC tient bien malgré des révisions dramatiques du Fonds monétaire international des prévisions de croissance mondiale. Le FMI de Dominique Strauss-Kahn prévoyait une croissance, irréaliste, de 5,2 % en 2008 ; aujourd'hui, ils annoncent 3,7 %, évoquent même une possible récession mondiale. Bigre. Ils se réveillent alors que la crise est sous leurs yeux depuis plus d'un an. *Un wake up call* brutal !

Le CAC tient. Je suis haussier. Je pense qu'il va atteindre 5 200 minimum mais cela m'ennuie de l'acheter maintenant. J'aimerais bien qu'il baisse un peu pour l'acheter à bon prix. J'attends.

Sur l'or, le pétrole et l'euro, je reste baissier. Je me demande si je me remets à nouveau à la vente de l'euro ou du pétrole. Ou si j'attends. Certes, tous ces marchés ont rebondi et m'offrent des meilleurs cours d'entrée, mais rien d'absurde. Le plus dur, pour un trader, c'est d'apprendre à ne rien faire. Et je pense que je ne devrais rien faire aujourd'hui. Je préfère attendre. Comme un sniper.

Je dors toujours sur mes 126 000 euros. Je dors et le monde est en feu. Nous vivons une période dramatique. C'est un massacre.

Sur le plan financier avec la crise des subprimes et la crise des banques qui secouent la planète depuis bientôt un an. Sur le plan économique, aussi. Toutes les cartes ont été jetées en l'air et personne n'a la moindre idée de la façon dont elles vont retomber. Mais une chose est certaine. Le monde, dans un an, ne ressemblera plus du tout à celui qu'on a connu, à celui dont les stratèges ont rêvé depuis quatre ou cinq ans. C'est la fin des illusions.

Un peu comme après l'explosion de la bulle Internet en 2000, en pire. En 2000, on a cru à la « nouvelle économie ». Il a fallu quelques années pour que ces rêves se réalisent. Entre-temps, des dizaines de milliards de dollars se sont volatilisés.

Aujourd'hui, ce n'est pas la crise d'un secteur. C'est le monde lui-même qui vole en éclats. Pour se reconstruire différemment. Les États-Unis vont se transformer. Pour vingt ans. La Chine va s'écrouler. Pour dix ans. L'Allemagne va à nouveau dominer l'Europe pour vingt ans. L'Angleterre va sombrer à nouveau dans la bière pour dix ans. Le Japon va frémir pour vingt ans.

La France va dormir pour dix ans. Ça, c'est peut-être la seule chose qui ne change pas.

Tout change et rien ne change, finalement. Pour les pays comme pour les hommes, nous avons l'inné et l'acquis. Ce qui est inné en France, c'est l'inventivité et la haine pour l'entreprise, le patron et le profit. Ce qui est inné en Allemagne, c'est la passion pour le travail d'excellence et la fierté de la petite entreprise. En Chine, ce qui est inné, c'est le culte de la réussite, le travail et le refus de respecter les règles du jeu. Ce qui est inné aux États-Unis, c'est l'isolationnisme. Sans Pearl Harbor, le pays ne serait pas intervenu dans la guerre ; sans Al-Qaïda, il ne serait pas allé en Orient. Il serait resté resserré autour du Texas. Les nations peuvent donner l'impression de se transformer pendant dix ou même vingt ans, puis elles reviennent à leur nature. L'inné prend le pas sur l'acquis.

Et donc ? Rien. Juste un de mes délires macroéconomico-dépressifs. Qui minent. Et ne m'enrichissent pas.

Encore une journée que je n'ai pas vue passer. Toute mon équipe est partie sans oser me déranger. Ils me prennent pour un fou. Chaque jour un peu plus. Pas de lettre anonyme, aujourd'hui...

J'ai envie d'appeler un copain pour aller dîner dehors, ce soir. Il y a un petit problème : je n'ai plus de copains. J'ai coupé tous les ponts, après ma chute. Même avec ceux qui m'ont tendu la main. La honte d'être un loser.

Mais ce soir ça me manque. Un dîner avec un pote. Comme avant. Un restaurant dans lequel on me reconnaît. Dans lequel on prononce dix fois mon nom. Dans lequel on m'accompagne à ma table habituelle. En m'apportant ce que j'aime, sans que j'aie besoin de commander. Finalement, ça me manque plus que les potes. Pas d'enfants. Plus de copains. Plus de femmes. Pas d'argent.

L'avantage du 21 juin, c'est que c'est la journée la plus longue de l'année. Elle annonce le début de l'été. Le 21 décembre est la journée la plus courte et le début d'une période rude, froide, triste et pluvieuse. Le choix est donc évident. Il ne devrait pas y avoir débat. Mieux vaut être le 21 juin que le 21 décembre. Et pourtant...

## Vendredi 4 avril
## 126 000 euros

Euro/$ : 1,5670. Or : 901,50 $. Pétrole : 104,50 $.
Le CAC ouvre à 4 911.

Réveil en sursaut. J'étends le bras... il n'y a personne dans mon lit. Personne dans ma nuit, personne dans mon lit. Ouf !

Je branche la télé. CNBC.

Comment font-ils, ces Américains, pour avoir la pêche si tôt le matin, pour rigoler aux mêmes vannes qu'ils s'envoient tous les jours avec des dents superblanches ?

— Alors, Steve, où en est-on ce matin sur les marchés ?

— Diana, vous auriez pu rester dormir quelques heures de plus, c'est le calme plat.

Elle éclate de rire et sa choucroute laquée en vibre de plaisir ; lui se bidonne avec son air de crétin texan en chemise blanche. Ils sont trop forts, ces Américains !

J'ai bien fait de ne rien faire. Il ne s'est rien passé. Ou presque.

Direction le bureau. J'expédie une réunion avec

mes collaborateurs. Thomas est là. Vingt ans qu'on travaille ensemble. Il m'a vu en haut et tout en bas. Thomas, c'est mes yeux et ma voix, sur les marchés. Je décide, il exécute, pourrait dire Chirac, mais c'est bien plus que cela. Il est devenu le miroir de mes succès et de mes échecs. Et aujourd'hui, il est le seul à savoir que j'ai replongé.

Je leur donne de quoi s'occuper pendant au moins une semaine. Cela me laissera un peu de temps pour le trading.

Notre nouvelle réceptionniste m'apporte du thé vert. C'est ma nouvelle lubie. Arrêter le café et passer au thé vert. Je n'ai pas envie d'avoir un cancer et David Servan-Schreiber a dit qu'il fallait boire du thé vert. C'est quand même plus pratique que les bains de siège de Rika Zaraï.

Aujourd'hui c'est le premier vendredi du mois. Et, pour un trader, le premier vendredi du mois, à 14 h 30 précisément, c'est une date. Ce jour-là, à cette heure-là, on publie les chiffres de l'emploi aux États-Unis, la statistique économique la plus importante pour les marchés. Celle qui engendre les euphories et les krachs. Celle qui déclenche les raz-de-marée d'achats ou de ventes.

Pourquoi ? C'est simple. Les États-Unis tirent l'économie mondiale depuis vingt ans, et plus particulièrement le consommateur américain. Le consommateur américain est le cheval de trait du monde. Pour pouvoir consommer jusqu'à l'obésité, il s'enfle de dettes et injecte des liquidités aux quatre coins de la terre.

C'est aujourd'hui moins vrai qu'il y a dix ans, mais le fait demeure un élément important.

Il faut vivre cela une fois dans sa vie. Une grande salle de marchés d'une banque d'affaires, à Londres, quelques minutes avant la publication sur les écrans de ces statistiques... Il y a des centaines de personnes présentes et pourtant il règne un silence total. On n'entend que le ronronnement des ordinateurs. On se tait. Les milliers de téléphones sont muets. Soudain, à 14 h 30 et 20 secondes, une véritable déflagration. Tout le monde hurle. Achète. Vend. S'effondre sur sa chaise s'il a fait le mauvais pari. Saute de joie sur son bureau s'il a joué le bon chiffre. L'expérience est unique. Un baptême du feu qui permet de comprendre réellement le fonctionnement des marchés.

Avant la sortie des chiffres du chômage, il y a deux attitudes possibles. La première consiste à dire que ces chiffres sont une loterie. Il existe pourtant des prévisions qui, comme les sondages électoraux, s'affinent au fur et à mesure qu'approche la publication, mais la statistique effective est souvent très éloignée des prévisions. C'est pourquoi certains traders préfèrent ne pas avoir de position « avant les chiffres ». Trop risqué. Les autres, ceux qui ont une conviction, considèrent au contraire que c'est l'occasion de voir ses convictions renforcées – le chiffre vient conforter leurs anticipations, et ceux-là – c'est la seconde attitude – ont tendance à accroître leurs positions avant la sortie des chiffres.

J'ai des convictions. Je pense que l'euro va baisser et le dollar remonter. Je pense que l'or et le pétrole vont baisser. Je pense que le CAC va monter. Mais je pense que l'emploi aux États-Unis va mal. Très mal. Et je ne suis pas sûr de la façon dont les marchés vont réagir à des mauvais chiffres de l'emploi. Trop risqué pour moi d'intervenir avant les chiffres. Par contre, j'entrerai dans la bagarre sans hésiter si les chiffres provoquent des mouvements violents qui vont contre mes convictions. Si le chiffre du chômage est très mauvais, les actions baisseront très fortement et j'en profiterai pour acheter le CAC 40.

Je m'abstiens donc. En revanche, pas de déjeuner prolongé. Je dois être au bureau, frais, alerte, léger à 14 h 15.

De 14 h 15 à 14 h 30, je me concentre, je travaille ma respiration. Comme un coureur avant le top départ. Dans les starting-blocks.

Les chiffres viennent de tomber. Mauvais. Comme attendus. Mauvais mais pas pires. L'économie américaine est en fort ralentissement. Elle détruit des emplois. Quatre-vingt mille en mars. Le taux de chômage est passé de 4,8 % à 5,1 %. Il est bas par rapport à celui des pays d'Europe, mais haut pour les États-Unis.

Le marché réagit peu. C'est un pétard mouillé. Un coup pour rien. Pas d'exagération pour l'instant. Donc pas de fenêtre de tir pour le sniper. Je pars en week-end sans position. Avec un petit gain médiocre.

Le problème, c'est que le 21 juin c'est finalement le début de la fin. Les journées ne peuvent que raccourcir. Chaque éphéméride sonne comme le glas : une minute de soleil en moins, deux minutes de soleil en moins. On est tout en haut. On ne peut que tomber. Lentement et sûrement.

## Samedi 5 avril

Réveil à 6 h 30. Pas de CD le week-end. Mais c'est plus fort que moi, je me réveille. Comme une horloge. Pas de grasse matinée. J'en rêve mais je n'y arrive pas. Je me réveille à 6 h 30 tous les matins depuis que j'ai commencé le trading.

En 1983. Une époque charnière. Une époque qui a marqué une véritable révolution dans le trading. Le début des années 1980 a vu apparaître sur les marchés financiers les produits « dérivés ». Principalement, à l'époque, les « futures » (contrats à terme) et les options. Ils vont changer radicalement le profil du trader.

Avant cela, un trader typique était un autodidacte. Brut de décoffrage, rugueux, viril et physique. Un homme, un vrai de vrai. À la « roots ». La plupart d'entre eux officient ou ont officié dans une « corbeille », à la criée, ces arènes dont le cinéma a donné une image mythique : la victoire va à celui qui rugit plus fort que la meute. Les salles de marchés n'existent pas encore vraiment. On fait peu de trading dans une salle de marchés. Le trading se fait à la corbeille. À l'époque, paradoxalement, les matières premières agricoles sont le territoire favori du trading et de la spéculation. C'est d'ailleurs là, sur les marchés de matières premières, qu'apparaissent les premiers produits dérivés, qui seront par la suite adaptés aux marchés financiers.

Le premier marché financier à vivre un développement spectaculaire est le marché des changes – avec l'abandon de l'étalon et l'effondrement du système de changes fixes. Là s'opère la transition entre le « trading de papa » et celui des années 1980.

Le trader des années 1980... Le golden boy !

Le golden boy a le teint hâlé. Pas bronzé, surtout pas trop bronzé, mais pas blanc non plus. Il est en excellente forme physique grâce à une pratique intensive du sport (Ritz club), costumes Paul Smith ou Ermenegildo Zegna. De préférence rayés. Chemises Charvet demi-mesure ou mesure. Blanches. Toujours. Boutons de manchettes Gucci. Montre Rolex Submariner. Chaussures Fratelli Rossetti. Chaussettes en fil gris ou noir Brooks Brothers. Cravates Zegna. Eau de toilette Allure pour Homme. Il est abonné à Club 2000 Air France. Sa tenue de week-end : mocassins Todds, polo Brooks Brothers. Pantalon en lin (été), jean noir (hiver) Ralph Lauren. Pas de chaussettes l'été, chaussettes noires l'hiver. Veste en peau légère Cerruti. Lunettes Ray-Ban.

Petit déjeuner boulot au Plaza Athénée. Déjeuners chez Market, Sormani, ou à la Maison du Danemark. Apéritif chez Carette l'été, au bar du Raphaël, le soir. Dîner à la maison avec des amis – cuisinier et maître d'hôtel à la soirée. Ou à la Maison du caviar ou au Stresa. Appartement à Neuilly ou dans le XVI^e^. Vue sur le bois ou vue sur le Trocadéro. Cinquième ou sixième étage. Idéalement en duplex.

Permis moto. Harley Davidson et gros scooter. Un 4 × 4 allemand pour le week-end, une Porsche pour la semaine.

Le golden boy passe ses week-ends à Deauville, quand il est en famille. À Saint-Tropez quand il est entre copains.

Il passe ses vacances de Noël aux Maldives, ses vacances d'été en Corse, février à Courchevel, Pâques dans des voyages découvertes (Amérique du Sud, Amérique centrale, Asie). Les premiers week-ends avec ses nouvelles conquêtes se passent à l'Eden Roc au Cap-d'Antibes, au Danieli à Venise ou à l'hôtel de Russie à Rome.

Le golden boy a des amis. Beaucoup d'amis. En dehors du monde de la finance. Surtout des faux amis. Il a du succès auprès des femmes. Surtout quand tout le monde le reconnaît dans les restaurants. Il s'en fout de savoir qu'il plaît pour son argent ; est-ce qu'il se priverait d'aimer une femme intelligente sous prétexte qu'elle a un beau cul ?

Ses films-cultes : *Le Parrain*, 1 et 2, pas le 3. *Rocky*, 1, 2 et 3. *Star Wars*, les six. *Le Lauréat*. *Wall Street*. Ses chanteurs-cultes : Stevie Wonder, Bob Marley, Bruce Springsteen.

Le golden boy vient généralement, en France, d'une école de commerce, d'un MBA aux États-Unis. Exit l'autodidacte. Les produits financiers devenant plus complexes, on fait appel à des diplômés qui ont le sens du commerce plus que les connaissances techniques. Et ces diplômés vont surfer sur le tsunami qui déferle sur les marchés pendant près de huit ans. Réveil des marchés actions après dix ans de somnolence (pour mémoire, le Dow Jones valait 1 000 en 1982... et 1 000 en 1972... dix années pour rien ou presque), spéculations massives sur le marché des changes avec des contrôles des changes sous pression, dévaluations, réévaluations, et l'explosion des marchés à terme, notamment à Chicago, sur les produits financiers.

On voit apparaître à New York, à Londres, à Paris, partout dans le monde d'immenses salles de marchés, avec des centaines de traders vociférant, un téléphone collé toute la journée à chaque oreille.

Ce sont les *golden years* des marchés financiers. Les plus délirantes. Les plus fun. On découvre les bonus, les rémunérations folles.

Mais le règne du golden boy va bientôt se terminer.

Le début des années 1990 est marqué par une crise financière aux États-Unis similaire à celle que nous connaissons aujourd'hui. L'invasion du Koweït par Saddam Hussein douche l'excitation des marchés. Les golden boys se ringardisent... eh oui, je sais de quoi je parle.

Les banques et les fonds spéculatifs ne veulent plus de flambe. Ils veulent trouver une « martingale ». Les produits financiers devenant toujours plus sophistiqués, ils rêvent de « modéliser » les marchés. Supprimer le facteur humain. Rationaliser le trading. On passe du « tout frime » au « tout mathématique ». Exit les golden boys, place aux ingénieurs. En France on ne recrute plus les traders à HEC mais à l'X ou à Centrale. Aux États-Unis et en Angleterre, on ne veut plus de MBA mais des Ph.D ou des docteurs en physique nucléaire.

Tout cela n'est évidemment qu'une couverture. Personne n'est dupe. Sauf les investisseurs. Les banques et les gérants se donnent une image respectable. La Bourse et les marchés financiers, disent-ils, ce n'est plus du casino, c'est « technique » ! En conséquence, messieurs les investisseurs, n'hésitez pas à nous confier tout votre argent. Nous sommes des gens très sérieux. Nous sommes des scientifiques des marchés.

Les golden boys deviennent alors des « sales », toujours en anglais, c'est-à-dire des vendeurs de produits, et continuent à gagner des fortunes. Je répète : je sais de quoi je parle... Mais le trading leur est interdit. On les remplace par des mathématiciens fous.

Le trader nouveau ne flambe pas. Il est penché sur son ordinateur, jours, nuits et week-ends. Armé de logiciels ultrapointus, il cherche le Graal. Le fonds vedette des années 1990, c'est LTCM. J'en ai parlé. Avec John Meriwether à sa tête, mais surtout deux Prix Nobel de mathématiques dans l'équipe de gestion.

Et le rêve de la modélisation des marchés explose à son tour. La faute à la crise des subprimes, à l'été 2007. Le trader mathématicien vit aujourd'hui ses dernières heures, mais on ne sait pas encore à quoi ressemblera le trader nouveau. Exit l'autodidacte, exit le golden boy, exit le matheux boutonneux... Après Hervé Vilard, Patrick Bruel, Christophe Willem, qui sera l'idole de demain ? J'aurais pu devenir le Johnny de la finance. Insubmersible. Quel con je fais ! Au lieu de ça, je suis le Patrick Juvet des marchés financiers, sauf qu'on ne me propose même pas de tournées rétro années 1980.

Le 21 décembre, on est au fond du trou et on rebondit. Chaque jour d'une minute, puis de deux. On se refait petit à petit pour atteindre, six mois plus tard, le sommet. Je préfère le 21 décembre au 21 juin alors que je hais le froid et que j'adore le soleil. Ce choix, c'est un peu l'histoire de ma vie. Au sommet, je suis grisé mais j'ai peur de tomber ; au fond, je suis abattu, mais déjà prêt à rebondir. 21 juin ou 21 décembre ? 21 décembre.

## Lundi 7 avril
## 126 000 euros

Euro/$ : 1,5660. Or : 914,20 $. Pétrole : 106,60 $. Le CAC ouvre à 4 922.

Il neige. Après un mois de pluie, il ne manquait plus que la neige. La neige en avril... Et moi qui me ramollis. Thomas m'apporte quelques documents à signer pour les opérations en cours. Je n'ai pas de position. Les jours passent et je dois faire fortune. Je dors sur mon gain de 26 000 euros comme si j'avais gagné 26 millions d'euros. Tout est à faire.

Le sniper doit savoir ne rien faire, certes, mais il doit aussi rester en éveil et donc tirer de temps en temps. Je ne veux pas devenir le sniper de Jarhead, celui qui n'a pas pu tirer un seul coup de feu pendant la guerre du Koweït. Le problème, c'est que les marchés que je suis sont à des niveaux 50/50. 50 % de chances de monter. 50 % de chances de baisser. Acheter ou vendre ? Autant jouer à pile ou face. Mais je ne peux pas être complètement en dehors des marchés. Comment trouver un juste équilibre entre le surtrading – acheter, vendre tout le temps sans réelle conviction – et le soustrading – ne rien faire faute de signal fort ?

Je vais me lancer.

Ma conviction est que le CAC va progresser avant l'été. Je vise 5 200. Mais je crains qu'il baisse avant, à 4 700, alors qu'il vaut 4 920. J'aurais préféré l'acheter plus bas, mais je vais quand même me lancer. J'achète cinq contrats CAC à 4 922.

Une mise de 20 000 euros environ pour une position sur 250 000 euros environ. On verra bien. Ce que je fais là est contraire à toutes les règles de trading. Mais j'en ai marre de ne rien faire. Il faut que je bouge.

Il faut dire que je suis assez énervé aujourd'hui. Ce week-end, la presse financière américaine a publié comme chaque année à cette période le classement des plus grosses rémunérations de gérants de fonds. Et le gagnant est un « contrarian », un homme qui, comme moi, était convaincu depuis deux ans que les États-Unis étaient entrés dans une phase d'exagération, dans une bulle financière qui allait exploser. Là s'arrête ma ressemblance avec lui. John Paulson a levé un fonds de plusieurs milliards de dollars pour miser sur sa conviction. Il s'est positionné à la baisse de tous les marchés, et particulièrement sur ceux des dettes immobilières américaines. Qui se sont effondrés. En 2007, il a fait pour ses investisseurs une plus-value de 15 milliards de dollars, et comme il a touché, à titre personnel, 20 % des profits, il est en tête du classement avec une rémunération pour l'année de 3,7 milliards de dollars. 3,7 milliards de dollars pour une seule année ! Trois milliards de dollars sans rien engager de son patrimoine. S'il s'était trompé, ses investisseurs auraient perdu une fortune, lui non. Il n'aurait rien gagné, voilà tout.

En deuxième place, on trouve l'homme qui a rendu les hedge funds célèbres dans le monde entier : George Soros. On ne le présente plus. On ne voyait que lui, dans le début des années 1990. Il avait forcé la Banque d'Angleterre à dévaluer le sterling en septembre 1992, et avait empoché au passage 2 milliards de dollars, puis il s'était attaqué au franc en 1995, devenant l'ennemi numéro un du gouvernement Juppé. Vers la fin des années 1990, il avait quitté le trading pour se consacrer à la philanthropie, notamment en Europe de l'Est, dont il est originaire. Mais le virus du trading le démangeait. Et en 2007, à soixante-dix-sept ans, il a gagné 2,9 milliards de dollars en gérant son fonds, le Soros Fund. Un fonds de 17 milliards de dollars, rien que ça... Pas mal, pour un retraité.

Derrière lui, l'ancien trader de Barclays Bank qui a créé son fonds, Harbinger Capital. Phil Falcone, quarante-cinq ans, trois de moins que moi, a lui gagné 1,75 milliard de dollars. La moyenne de rémunération des cent premiers du classement est de... 303,6 millions de dollars. Dont cinq ont gagné plus d'1 milliard de dollars.

Seule consolation : Greg Aberdeen est dans les dix premiers. Ce cher Greg ! Le gamin est devenu une star. Il avait commencé comme stagiaire dans mon équipe new-yorkaise. J'avais tout de suite senti qu'il avait du talent. À chacun de mes passages à New York, je restais une ou deux heures en tête à tête avec lui pour lui expliquer les ficelles du métier. Il comprenait tout. Très vite. Il a décidé de voler de ses propres ailes après quelques années, et je l'ai encouragé à le faire. Quelle réussite !

Difficile, après cela, de me motiver pour 100 000 euros, mais je n'ai pas le choix.

La grande majorité des stars d'aujourd'hui ont créé des hedge funds, des fonds spéculatifs totalement libres d'agir, à la discrétion de leur gérant. Pas de règle, pas de contrainte, pas de fiscalité. Ces fonds sont tous domiciliés aux îles Cayman ou tout autre paradis fiscal. Ces super-traders gèrent des milliards de dollars selon des conditions de rémunération qui vont les rendre multimilliardaires. Le « 2-20 », 2 % par an de l'argent que vous leur confiez et 20 % des profits qu'ils font pour vous. Quand le succès est au rendez-vous, le gérant de hedge fund devient aussi inaccessible qu'une rock star. Il commence d'abord par augmenter sa rémunération (certains gérants prennent 4 % par an et 50 % des profits !) et finit par « fermer » son fonds. Il n'accepte plus de nouvelles souscriptions. Il faut faire la queue et attendre son tour. Pour entrer dans un fonds « fermé », il faut qu'un autre investisseur en sorte. Comme dans les clubs ultra-sélects.

L'explosion des hedge funds, symbole de la gestion alternative, continue depuis les années 1980. Avec ses succès retentissants, mais aussi ses faillites spectaculaires.

Ces fonds sont opaques. Les gérants ne veulent pas communiquer sur leurs méthodes de trading ni sur leurs positions. Les dommages collatéraux sont faciles à imaginer. Ces fonds ne sont pas des fonds classiques – ils n'ont pas vocation à réguler l'économie, à amortir les crises –, mais des fonds spéculatifs. Leur but est de faire bondir les profits...

En conséquence de la crise des subprimes, on ne compte plus les fonds qui ont perdu l'argent de leurs investisseurs ; tout l'argent ou presque. Des milliards de dollars envolés en fumée. Pschitt ! Un jour, le fonds est au firmament et son gérant un dieu inaccessible. Un mois plus tard, 3 ou 4 milliards se sont volatilisés et le gérant ne répond plus au téléphone.

Le rêve de tout trader est d'avoir son hedge fund et d'entrer dans le Top ten. Aucune chance, pour moi... trop tard.

La lettre est arrivée vers 18 heures. Je cours rattraper le coursier. Il ne sait pas d'où elle vient. Une enveloppe en papier kraft a été déposée chez eux, avec la lettre à l'intérieur, l'adresse de ma société et un billet de 50 euros pour le paiement de la course. Je le laisse repartir.

L'enveloppe porte les mêmes mots. Personnel et confidentiel. Sam Ventura. Orange, cette fois. Je me demande si ce n'est pas une opération de marketing pour les maillots Vilebrequin ou autre.

À l'intérieur, une carte et une bouffée de jasmin. J'enlève délicatement la fleur. Je lis la phrase écrite de la même écriture : « Souviens-toi de 1999... » La première idée qui me vient à l'esprit c'est ce film américain, *Souviens-toi... l'été dernier*. Des ados sont poursuivis par le fantôme d'un homme qu'ils ont renversé et qui écrit partout sur leur passage : « *Remember what you did last summer.* » Quel cadavre ai-je laissé sur ma route en 1999 ? Le mien. Je n'ai renversé ni assassiné personne. 1999. L'année de ma déroute. Je n'ai fait aucune victime et personne ne pourrait m'en vouloir. Personne ? Si... Eva peut-être ? Non... Je deviens fou. Je la vois partout.

« Merci, cher inconnu, mais j'aurai du mal à oublier cette année maudite... »

Et j'ai du mal à oublier Eva.

12 mai 1993. Je ne faisais jamais passer les entretiens pour les embauches de juniors. Je gérais plusieurs équipes. À Paris, à Londres, à New York et à Hong Kong. Sept cents personnes. Environ cinquante à cent embauches par an, avec plus de trois mille candidats reçus chaque année. Cela aurait été un job à temps plein, pour moi. Mais ce jour de mai 1993, mon bras droit, Laurent, est entré dans mon bureau sans même frapper à la porte :

— Ne te gêne pas surtout. Fais comme chez toi... Et si j'étais en train de dormir ?

Il n'a pas répondu. Il était livide.

— Tu as vu un fantôme ? Tu es tout pâle.

— Sam, il faut que tu viennes voir ça. Un phénomène. Elle a passé les trois entretiens préliminaires et on me l'a amenée pour l'entretien d'embauche.

J'ai grogné, exaspéré – je détestais les entretiens d'embauche, il le savait.

— Débrouille-toi. C'est ton équipe.

— Non. Je crois qu'il faut que tu viennes. Cette fille n'est pas normale. Elle n'est pas humaine. Je ne sais pas d'où elle sort. On dirait une réplicante, dans *Blade Runner*.

Un bon truc pour attirer mon attention. Je me suis enquis, à tout hasard :

— Si belle que ça ?

— Elle est canon, mais ce n'est pas le problème. Elle a retourné le truc. J'ai l'impression que c'est moi qui passe un entretien. Elle me fixe avec des yeux de tueuse et n'arrête pas de me poser des questions. À ne pas manquer.

— Eh bien, engage-la.

— Elle ne veut pas être embauchée dans une boîte dont elle n'a pas vu le patron.

— Eh bien, envoie-la bouler. Qu'est-ce qu'il t'arrive, elle t'a jeté un sort ?

— Peut-être. J'ai dit « d'accord », mais je ne voulais pas le dire. C'est comme si une voix intérieure avait parlé pour moi.

— Tu es complètement à la masse. Va te reposer et amène-moi E.T. Je vais l'envoyer Téléphoner Maison.

Quelques minutes plus tard, un coup léger à ma porte, et Laurent s'est effacé devant une créature étonnamment frêle pour une réplicante. Avant même qu'elle se soit assise, son parfum m'avait atteint, quelque chose d'oriental que je n'arrivais pas à définir.

— Sam, voici Eva Khoury, dont je t'ai parlé.

— Mademoiselle.

— Madame.

— Madame. Laurent, tu restes avec nous.

— Non, euh non, j'ai du boulot.

Il s'est littéralement enfui. Cette grande gueule qui bouffait les candidats à l'embauche comme des petits fours avait trouvé son maître. J'avais hâte de voir comment ce bout de femme l'avait terrorisé ainsi.

C'est vrai qu'elle était belle. Très belle. Le visage de Penelope Cruz, les seins de Sophia Loren, les yeux d'Eva Mendes. Seul le diable pouvait fabriquer un monstre pareil... J'ai eu la mauvaise idée de regarder trop longtemps son chemisier boutonné de bas en haut mais transparent de haut en bas ; elle m'a fusillé du regard.

— Madame Eva Khoury. Vous avez passé avec succès les premières étapes de votre entretien d'embauche.

— Je pourrais dire la même chose.

— Pardon ?

J'avais cru mal entendre. Elle avait un léger accent, même si elle s'exprimait dans un français parfait.

— Votre société aussi a passé les trois premiers entretiens avec succès. Je suis toujours intéressée.

Je l'ai dévisagée un instant. Quelle part avait l'humour dans son propos ? Aucune, apparemment. Si elle plaisantait, ça ne se voyait pas. J'ai pris le même ton.

— Ne soyez pas modeste...

— Réaliste. Je suis surqualifiée pour la plupart des postes qu'on me propose. Même pour vos pseudo-banques d'affaires américaines. Paris est une ville de paysans, pour la finance. Je devrais travailler à Londres.

— Je vous en prie, madame, allez-y.

— Je ne peux pas. Mon mari a de grosses affaires à Paris, il refuse de me laisser vivre ailleurs.

— Ah. Je suis désolé. Vous voilà donc réduite à travailler avec des financiers sous-développés.

Une seconde de réflexion, et j'ajoute :

— Écoutez. Puisque c'est nous qui passons un entretien et vous qui choisissez. Je vous laisse poser les questions. Cela sera plus simple.

— Parfait.

Elle a pris le temps de s'installer dans le fauteuil comme si elle était de mon côté du bureau, le dos bien calé contre le dossier, appuyée sur l'accoudoir, le menton dans la main, les jambes croisées. Je faisais mon possible pour ne pas détailler les subtilités de sa silhouette.

Enfin elle a lancé, les yeux plantés dans les miens :

— Pourquoi devrais-je venir travailler chez vous ?

— Parce que nous sommes la meilleure équipe en Europe sur les marchés de produits dérivés. Vous aurez le top de la formation sans le stress de Londres.

— J'aime le stress. Quel sera mon poste ?

— Trader junior.

— Sur quoi ?

— Les devises.

— Plus précisément ?

— Les options. Nous avons eu un départ dans l'équipe.

— Je travaillerai sous les ordres de qui ?

— David Morton. L'Irlandais avec qui vous avez passé le premier entretien.

Elle n'a pas répondu tout de suite. Ses yeux maquillés au khôl ne cessaient pas de me fixer. Et pourtant, il n'y avait rien d'enjôleur dans ce regard. Elle était au-dessus de ça. Enfin, la réponse est tombée, comme un verdict :

— Non.

— Pardon ?

— Non.

— Non, quoi ?

— Je ne travaillerai pas pour David Morton. Si je viens, je travaille pour vous et vous me formez.

— Désolé, mais il y a une hiérarchie à respecter.

— Les hiérarchies m'indiffèrent. Vous aussi d'ailleurs. Je le vois. Vous avez fait venir vos collaborateurs du monde entier à Paris, alors que toutes les équipes sont à Londres. Je suis certaine que votre hiérarchie essaie de vous faire déménager à Londres.

Elle avait visé juste. J'ai changé d'argument.

— Je n'ai pas de junior directement sous mes ordres.

— Dans ce cas-là, engagez-moi comme senior.

— Vous ne connaissez rien aux changes et aux options.

— J'apprendrai vite. J'ai quitté le Liban très jeune à cause de la guerre civile. J'ai fait mes études à Stanford. Mon MBA aussi. Vos juniors sortent au mieux d'HEC. Ils roulent en tricycle ; moi en Porsche. En deux mois, ils auront disparu de mon rétroviseur.

À ce point, j'ai eu un doute : tant d'arrogance... Est-ce que c'était de la naïveté ? Ce pouvait être un signe de faiblesse. J'ai pris un ton plus professionnel :

— Vous partez sur le mauvais pied. Nous privilégions chez nous l'esprit d'équipe.

— Dommage. Je travaille seule. Pour vous. J'apprends. Et je rapporte une fortune à votre société.

Une pause, elle a décroisé les jambes et s'est penchée vers moi, à peine, avant de demander :

— À ce propos, quelle sera ma rémunération ? Combien gagne un bon trader ?

À la façon dont elle avait dit cela, on aurait pu croire que la question de la rémunération lui était tout aussi indifférente que celles de la hiérarchie et de l'esprit d'équipe. J'ai répondu sans plus de chaleur.

— Beaucoup d'argent.

— Combien ?

— Cela dépend de l'âge et de la localisation. En ordre décroissant, Londres, New York, Hong Kong, Singapour puis, loin derrière, toutes les capitales de « province » : Paris, Francfort, etc.

— Plus précisément ?

— À Londres, un trader débutant démarre à vingt-trois ans à 70 000 dollars de salaire. Deux ans plus tard, s'il n'a pas été viré, il gagnera

100 000 dollars, mais recevra un bonus de 200 000 dollars. À trente ans, il atteint son sommet avec un salaire plus bonus de 2 millions de dollars. Par la suite, si c'est une star, il va dans un hedge fund et là, c'est no limit. Si c'est une semi-star, il devient patron d'un gros département ou d'une salle de marchés, et il va se faire 3 à 5 millions de dollars par an jusqu'à quarante ans. Après, il n'y a pas assez de survivants pour dresser des statistiques et établir des moyennes. Pour Paris, prenez les mêmes chiffres et divisez-les par deux.

— Et vous, vous avez gagné combien ? Racontez-moi. Depuis le début...

Je me suis laissé faire ; il n'y avait rien de désagréable à déballer ma *success story* devant une brune incendiaire.

— Je suis sorti d'HEC en 1982. Un an de service militaire puis embauche en 1983 comme junior trader à la Bank of America à 120 000 francs. En 1985, je gagne 400 000 francs, 200 000 francs de salaire et 200 000 francs de bonus. En 1986, je suis débauché par une banque d'affaires qui me propose un deal original à l'époque : un salaire fixe bas, 120 000 francs mais un pourcentage direct de mes gains, ou un salaire fixe de 400 000 francs et un bonus discrétionnaire. Je parie sur le fixe plus le pourcentage. Bonne pioche. En 1986, je gagne 2 millions de francs, une fortune pour l'époque, en 1987, 5 millions, en 1988, 8 millions et en 1989 ma rémunération explose avec 16 millions de francs. En 1989 (j'avais trente ans), gagner l'équivalent de 2,4 millions de dollars à Paris, cela n'existe pas ou presque. Depuis, je plafonne à 8 millions de francs. Voilà ce que peut gagner un trader qui marche fort.

— Je veux gagner cela.

Ça ne me surprenait pas vraiment. J'ai tout de même levé un sourcil.

— 8 millions de francs ? Ça va être difficile.

— Non. 16 millions de francs. Comme vous à trente ans.

— Vous avez quel âge ?

— Vingt-cinq ans.

Bébé requin. Elle a laissé échapper un sourire... J'étais cuit. Je lui ai souri à mon tour.

— Il va falloir faire vite.

— Je suis rapide.

— Je vois...

Je l'ai vue, et je l'ai crue. C'était un pari, un simple jeu, pour commencer.

— Je suis prêt à vous prendre en direct sous ma responsabilité, lui ai-je dit. Mais vous filez droit. Pas d'histoires avec les autres. Vous faites exactement tout ce que je vous dis pendant deux ans. Vous aurez les tâches les plus ingrates. Vous ferez mon sale boulot. Mais je vous forme. À la moindre incartade, au moindre grognement, je vous vire. Vous démarrez au salaire de base. Dans un an, je vous mets au pourcentage. Après, c'est à vous de jouer.

Elle s'est levée d'un coup. Nouveau sourire sur son visage, tout aussi vite dissimulé. Elle m'a serré la main à la briser. Une poigne surprenante, pour une jeune femme aux attaches fragiles.

— Je commence quand ?

— Lundi.

Quelques heures après son départ, son parfum flottait encore dans mon bureau. Une odeur de jasmin. Ma fleur.

Je n'avais pas la moindre inquiétude. J'aurais dû, pourtant. Bien sûr, mes équipes étaient composées de golden boys bourrés de testostérone qui la détesteraient. Pas grave. Au pire, je la virerais vite fait ; au mieux, j'avais une nouvelle Sunee.

Mais autant Sunee était bonne camarade, autant Eva était sombre, pressée, indifférente. Une Thaïlandaise et une Libanaise. Deux femmes qui s'en sortaient seules. Deux femmes qui voulaient gagner. Une avec le sourire, l'autre avec les crocs. Bien loin des traders typiques que j'avais chez moi.

## Mardi 8 avril
## 126 000 euros

Euro/$ : 1,5740. Or : 919,40 $. Pétrole : 108,90 $.
Le CAC ouvre à 4 918.

Je ne vais pas pouvoir continuer à lambiner. Ce n'est pas dans ma nature. *I need action !* À coups de 10 000 euros, il va me falloir un siècle pour faire fortune.

Il ne s'agit pas de prendre des risques inconsidérés ; ce serait stupide et contraire à toutes les règles de trading. Mais plutôt de « *stick to my ideas* » et de « *put my money where my mouth is* », en gros, de suivre mes convictions. Or mes convictions sont claires. Remontée du CAC, remontée du dollar, baisse de l'or et baisse du pétrole. Tout cela avant l'été.

Soit je continue à attendre. Mais je vais me lasser, et je risque de louper le coche. Le sniper qui s'endort quand la cible apparaît enfin. Soit je mise sur toutes mes convictions. Maintenant. Sans attendre.

C'est dangereux mais tant pis. J'y crois donc je fonce.

J'ai déjà ma position sur le CAC avec cinq contrats à l'achat à 4 922.

Je vais vendre huit contrats euro/$. À 1,5740. Mise de fonds : environ 25 000 euros.

Je vais vendre cinq contrats pétrole à 108,90 dollars. Mise de fonds : 20 000 euros environ.

Et enfin vendre aussi cinq contrats sur l'or à 919,30 dollars. Mise de fonds : 20 000 euros environ.

Voilà. Cette fois, c'est vraiment parti. Sur 126 000 euros, j'ai misé en tout 85 000 euros. Cela me laisse environ 40 000 euros de marge de sécurité, c'est-à-dire de perte potentielle avant d'être obligé de liquider mes positions.

Je respire ! Ça, c'est Sam Ventura. Pas un homme du livret A.

*I am back.*

## Mercredi 9 avril
## 130 600 euros

Euro/$ : 1,5690. Or : 909,40 $. Pétrole : 108,70 $.
Le CAC ouvre à 4 890.

*Ventura Highway is the sunshine*
*Where the days are longer*
*The nights are stronger*
*Than moonshine...*

C'est vrai que les jours sont longs, très longs, et les nuits trop fortes. Les nuits sont à Eva, les jours à l'attente.

Encore une longue journée pénible d'attente qui s'annonce.

À part l'or, le reste a peu bougé. Je gagne 4 600 euros sur la journée mais avec quatre positions. Tout cela devrait s'agiter dans les jours qui viennent. J'espère ! L'activité de ma boîte n'est pas suffisante pour occuper l'attente.

Après la déroute de 1999, j'ai travaillé pour une grande banque d'affaires américaine. Pas le choix. Il fallait rembourser les 4 millions d'euros que je devais. Et le seul endroit où on peut gagner de quoi rembourser une somme pareille, c'est les banques d'affaires américaines. Surtout pour moi. En 2005, après plus de vingt ans passés sous pression, ma dette soldée et au bord de l'épuisement, j'ai décidé de me mettre à mon compte. Une solution de transition. Une pause. Je ne supportais plus de travailler dans ce genre d'entreprise. L'obsession maladive du profit à tout prix. Dans la souffrance, et pas dans le plaisir. Je crois aussi que j'étais usé. Je devenais mauvais. Je n'écoutais rien, pendant ces interminables management meetings qui avaient lieu chaque semaine dans une ville d'Europe différente. Sans parler des journées passées à Londres ou à New York sans voir la lumière du jour, à subir les reporting de chaque patron de branche. On est très loin de la finance de marchés, et très près de la réunionite.

Aujourd'hui, je suis consultant macroéconomique. Des patrons de gros groupes français et de sociétés financières me paient pour m'écouter une fois par mois, moi ou mes collaborateurs, leur faire un point sur l'état du monde. Changes, croissance, taux d'intérêt, inflation... je leur livre ce que je vois dans ma boule de cristal. Ce n'est pas une activité ultra-lucrative, mais elle me permet de rester dans le coup, de suivre ce qui se passe et de savoir pourquoi je me lève le matin. C'est une solution de transition. Pas question pour moi de rester dans cet état de semi-retraite. Je veux bosser jusqu'à ce que mort s'ensuive. Il faudra que je trouve une idée pour occuper mes journées... une fois que j'aurai fait fortune.

Pour l'instant, mon activité me permet de mener à bien ce que j'ai entrepris depuis quelques jours. J'ai en moyenne deux présentations d'une heure par jour à faire à l'extérieur, chacune me demandant quelques heures de préparation. Pour quelqu'un qui travaille seize heures par jour, c'est finalement un petit mi-temps...

Je ne suis pas surpris de trouver une enveloppe sur mon bureau. Je commence à m'y habituer. Loin de m'angoisser, ce petit jeu m'amuse. Après le mauve et l'orange, voici un bleu layette. Vilebrequin quand tu nous tiens... Je retire machinalement la fleur de jasmin et prends mon temps pour enlever la carte. « Les arbres peuvent monter au ciel... »

La phrase est célèbre chez les traders. Plus exactement sa formulation contraire : « Les arbres ne montent pas au ciel. » Cela signifie dans notre langage : « *What goes up must come down* », un marché ne peut pas monter éternellement. Il doit baisser un jour ou l'autre. C'est ce que je m'étais dit, lorsque je jouais la baisse du Nasdaq. Il doit rebaisser. Il a rebaissé, mais cinq mois trop tard. Je m'étais pris à douter : si « les arbres pouvaient monter au ciel », comme semble aussi le penser mon mystérieux correspondant. Je me suis fait un ami, enfin...

## Jeudi 10 avril
## 105 100 euros

Dow Jones : – 0,39 %. Shanghai : + 1,69 %. Nikkei : – 1,27 %.
Euro/$ : 1,5830. Or : 932,10 $. Pétrole : 110,70 $.
Le CAC ouvre à 4 860.

Je n'ai même pas eu besoin d'allumer mes écrans pour savoir que j'ai fait une énorme connerie. Aucune émotion quand je vois les clignotements provoqués par la hausse ou la baisse de cours. Une petite lueur rouge ou bleue, une lueur qui rythme la vie des marchés, ce jeu de massacre où chaque mouvement provoque la fortune ou la ruine.

Une belle claque en direct ! J'ai fait l'erreur absolue, celle du débutant. J'attendais avec impatience qu'un dérapage se produise. Il se produit... un jour trop tard, et je n'ai pas eu la patience d'attendre. Je me suis lassé, je me suis agité, et j'ai fait ce qui vaudrait à un sniper le peloton d'exécution. Môsieur s'ennuyait et donc Môsieur a décidé de tirer sans attendre le signal ! À quarante-huit ans !

J'ai une perte sur les positions ouvertes de 20 900 euros. Avec un solde de 126 000 sur les positions clôturées et une perte de 20 900, j'ai un nouveau solde de 105 100 euros... Me revoilà à la case départ.

Que s'est-il passé, hier ?

Pas grand-chose, en fait. Juste une nouvelle vague de spéculations sur les matières premières et sur les changes. Rien de fondamental pour moi. Rien qui change mon opinion. Bien sûr, je vais garder mes positions ! Pas question de bouger maintenant. C'est une bonne leçon pour moi. Heureusement qu'elle arrive maintenant et qu'elle n'a pas de conséquences trop dramatiques.

Je me sens ridicule... Je sais qu'il faut être capable d'attendre sans bouger, qu'il vaut mieux ne rien faire que de faire n'importe quoi, or j'ai fait n'importe quoi. C'est un autre problème du trading... Le trading, c'est un peu comme la politique... On ne tient jamais ses engagements. Mais dans le trading, au contraire de la politique, ne pas tenir ses engagements conduit à la faillite.

J'ai envie de l'appeler.

Avec Eva, tout irait beaucoup plus vite. Je pourrais gagner. Sans prendre de risque. C'est la première fois que je pense à elle le jour, pas la nuit. Pour l'argent, pas pour l'amour. L'appeler, la revoir, l'utiliser, et gagner. Elle ne se dérobera pas ; si elle est partie, c'est parce que je l'ai virée. Elle tenait à moi. Est-ce qu'elle me hait, maintenant ? Je ne sais pas si je la hais, mais elle me donne des frissons, c'est sûr. Frissons de peur.

Si je l'appelais, je ne pourrais plus jamais me regarder dans la glace.

Je branche mon Ipod.

Je choisis presque mécaniquement « La fièvre dans le sang ». Alain Chamfort.

*J'ai la fièvre dans le sang*
*Cette fille m'échauffe les sens*
*Cette histoire je le sens*
*Ne finira pas sans*
*Effusion de sang...*

## Vendredi 11 avril
## 109 500 euros

Euro/$ : 1,5830. Or : 921,10 $. Pétrole : 109,80 $.
Le CAC ouvre à 4 820.

J'ai balancé les sachets de thé vert. Café à dose létale. Je ne me remets pas de ma bêtise. Je n'ai pas desserré les dents de la journée. *Fuck* le cancer et le bien-être.

Une erreur de débutant est humiliante. Quand on est un trader de vingt-cinq ans, prendre une claque, c'est un bobo. Vexant. Quand on est un vétéran de quarante-huit ans, une claque, c'est un infarctus. Dangereux.

Pas de panique. Je vais essayer de retrouver mes réflexes. Après un dérapage, pour commencer, vérifier le matériel.

Un trader, dans une salle de marchés, c'est un peu un pilote dans un cockpit face à ses écrans de contrôle. Une image bien connue, ces jeunes gens face à deux, trois ou quatre écrans d'ordinateurs. Sur ces écrans, des informations qui défilent. En l'occurrence, des cours. Des dizaines ou des centaines de cours. Et des news. Générales. Américaines. Françaises. Asiatiques. Des news économiques, mais aussi des news sur la vie des entreprises. Les nouvelles défilent au rythme de plusieurs dizaines par minute. Certaines n'ont aucune importance, d'autres peuvent provoquer une secousse ou un séisme. Il faut savoir trier.

Chaque trader détient, en fonction du marché sur lequel il intervient, les indicateurs qu'il va suivre particulièrement. Chacun a ses clignotants, ses signaux. Très souvent sur ses écrans, il a un logiciel de calcul de ses positions, de ses gains, de ses pertes, mais également de ses gains ou pertes potentiels en fonction d'une éventuelle variation des cours. Un vrai trader vit avec ses positions, ses marchés sous les yeux. Son tableau de bord le suit partout. Au bureau bien sûr, chez lui aussi, et en vacances. Il reste dans son cockpit, seul face aux chiffres. Un autiste au milieu de centaines d'autres autistes. C'est fascinant de voir des centaines de personnes réunies sur quelques mètres carrés, seize heures sur vingt-quatre collées les unes aux autres, mais finalement si solitaires.

Le trader a rarement un copilote. Le plus souvent, il ou elle est seul(e) à manœuvrer.

Et aujourd'hui je n'ai jamais été aussi seul. Même le bruit de la ruche s'est tu. Je ne suis plus en salle de marchés. Mais j'ai gardé mon poste de pilotage. Deux écrans.

Je vérifie. Tout marche. J'ai bien tout ce qu'il me faut pour réussir. Le matériel ne présente aucun défaut. La seule pièce défectueuse, c'est moi.

Dans ces moments-là, la ruche me manque.

Et puis, je doute de ma technique de trading. Je suis un trader fondamental.

Les traders appartiennent à des familles différentes et souvent concurrentes ou opposées. Celles-ci se distinguent par les méthodes utilisées pour prévoir les mouvements des marchés (analyse technique ou analyse fondamentale), mais aussi par les « systèmes » (discrétionnaire ou systématique), la durée de leurs positions (day trading/swing trading/investissement), et parfois par la stratégie qu'ils appliquent.

J'utilise l'analyse fondamentale. Une approche macroéconomique. En gros, il s'agit de répondre à tout moment à la question : « Où va le monde ? » Simple, non ? Politiques économiques, sociales, géostratégie, etc. Où en est-on ? Quelle va être la répercussion sur le marché ?

La plupart des traders utilisent plutôt l'analyse technique. Elle part du principe que les facteurs ayant une influence sur le cours sont déjà pris en compte par le marché, inclus dans le prix des actifs ; par conséquent, il n'est pas nécessaire d'étudier les fondamentaux d'une société ; pour prévoir les mouvements sur un titre, ce ne sont pas les fondamentaux qui sont importants, mais la perception de ces fondamentaux par les investisseurs. Ainsi, le trader « technique » se fondera sur l'évolution passée des cours d'un actif pour en déterminer les perspectives. L'analyse technique (et graphique) se base donc sur le passé pour déterminer le futur. L'analyste technique passe ses journées sur des « charts », c'est-à-dire des graphes de variation de l'actif, avec une règle et un crayon, tire des traits et voit l'avenir... C'est un peu Mme Irma et sa boule de cristal. Et ça marche. Mais je ne me vois pas changer de méthode aujourd'hui.

J'ai fini mon check. Matériel OK. Technique OK. Moi... pas OK.

Et si le seul moyen de faire fortune sur les marchés était celui que j'ai fui pendant vingt-cinq ans ?

Même après huit ans, je pourrais l'appeler, et je sais qu'elle me répondra. Je sais qu'elle sera heureuse de me voir basculer du côté obscur de la force.

Ne pas craquer. Tenir. Je n'ai pas cédé à la tentation pendant toutes ces années de galère, je n'ai pas cédé à la tentation pendant mes débuts, et c'était si simple. Je n'ai pas cédé à la tentation quand elle a voulu m'entraîner vers elle.

Je crois entendre la voix grave de Darth Vador résonner dans mes oreilles : « Luke, je suis ton père, rejoins-moi... ne lutte pas... » Non. Je veux rester un Jedi. Du côté de la lumière. Yoda, ne me lâche pas. *May the force be with me...*

Pas de lettre de mon admirateur inconnu, aujourd'hui.

## Lundi 14 avril
## 114 200 euros

Euro/$ : 1,5710. Or : 918,40 $. Pétrole : 109,60 $.
Le CAC ouvre à 4 766.

Il faut vraiment que je déménage. Je ne peux pas rester dans ce studio toute ma vie, il faut que j'arrête de me punir.

J'y ai emménagé en 2000, après ma faillite. À l'époque, c'est tout ce que je pouvais me payer, mais aujourd'hui, je pourrais upgrader un peu. Pas de 350 $m^2$ avenue Georges-Mandel, certes, mais au moins une pièce de plus. Rien que pour ne pas se réveiller le matin avec les restes de bouffe à deux pas du lit. Heureusement, je ne fume pas et je ne bois pas de bières. Rien de plus immonde que les cadavres de canettes dans l'odeur du tabac froid.

Il faut que je trouve un deux-pièces. Ou trois. Soyons fou. Et je le décorerai. Ici, en huit ans, je n'ai rien mis sur les murs, rien acheté. Pas un cadre, pas un objet inutile. Le dépouillement total. Je me suis condamné moi-même à une peine de prison. Et ce studio c'est ma cellule. Après avoir entendu mes arguments de ma défense, je me suis reconnu coupable de faillite professionnelle, sociale, familiale et sentimentale.

Huit ans de purgés... combien d'années me reste-t-il à tirer ?

Point de vue trading, je remonte la pente. Doucement mais sûrement.

Il faut dire que ce week-end a été riche en événements, le plus important étant le G8. Cette réunion internationale à laquelle assistent depuis des dizaines d'années, à intervalles réguliers, les présidents des huit pays les plus industrialisés : États-Unis, Canada, Japon, Allemagne, Grande-Bretagne, Italie, France et Russie.

Amusant, cette liste. Le monde change, mais les vieilles puissances s'accrochent au pouvoir qui leur échappe. À quel titre l'Italie ou la France décident-elles du sort de la planète financière si la Chine et l'Inde ne sont pas présentes ? Mais c'est un autre débat.

Généralement, ces G8 ne servent à rien. On pose sur une photo, on sort trois banalités sur la croissance mondiale, la pauvreté et l'environnement, on se tape dans le dos et on rentre à la maison. Sauf en temps de crise historique. Et la crise est historique. Et le G8 a pris la mesure de l'événement.

Il a décidé de se faire entendre. Sur deux sujets. Le dollar. Il a clairement indiqué qu'il fallait que la chute du dollar cesse. Tant mieux pour ma position sur le dollar. La crise financière. Le G8 a tout simplement lancé un ultimatum adressé à toutes les banques du monde. Elles ont cent jours pour dire la vérité sur leurs pertes. Cent jours pour cesser de jouer au chat et à la souris, cent jours pour prendre leurs pertes réelles.

La Bourse n'a pas aimé. Elle chute. Elle avait déjà commencé à chuter vendredi sur l'annonce des résultats trimestriels de General Electric. General Electric, c'est *the* entreprise américaine, et généralement un bon élève, le genre qui ne déçoit jamais. Mais vendredi, c'était la cata. Ses porte-parole ont annoncé une chute de ses profits et des mauvaises perspectives pour l'avenir. Du coup, l'action a perdu 12 % en un jour, soit 42 milliards de dollars envolés en une seule journée. Même Kerviel n'a pas fait mieux...

Résultat, le CAC continue à baisser et je me prends une claque sur ma position. Mais je reste persuadé qu'il va remonter. Je garde toutes mes positions. Je n'ai pas changé d'avis. Si le CAC continue à baisser, j'en achèterai pour augmenter ma position. J'ai encore un peu de marge de manœuvre.

## Mardi 15 avril
## 95 270 euros

Euro/$ : 1,5840. Or : 928,90 $. Pétrole : 112,30 $. Le CAC ouvre à 4 794.

C'est un jour particulièrement dramatique dans la vie d'un trader. Celui où il passe au-dessous de sa mise de départ. Où il entame son capital.

Surtout quand il a emprunté son capital, comme moi. J'ai démarré avec 100 000 euros. Empruntés. J'ai gagné 26 000 euros. Et me voici en perte de près de 3 000 euros par rapport à ma mise de départ mais de plus de 30 000 euros par rapport à mon record.

Ces jours-là, il faut éviter de réfléchir. Car il est impossible de prendre du recul. On pense à tout sauf à ce qu'il faut. Pas de panique, 3 000 euros sur 100 000 c'est moins une catastrophe qu'une humiliation, car on doit de l'argent. Si je devais tout clôturer aujourd'hui, je devrais trouver 3 000 euros de plus pour rembourser Sunee. Une bricole, surtout comparé aux millions que je n'avais pas et que j'ai perdus à deux reprises, mais c'est une étape. Une étape douloureuse. Tous les traders connaissent des phases de pertes. Petites pour commencer. Chaque fois, ils se demandent s'ils vivent un accident ou le début d'une plongée dans l'abîme.

C'est pourquoi, les jours de doute, toute réflexion est négative. La superstition n'est jamais loin : qu'est-ce que j'ai fait pour mériter ça ? pense le trader. Comme le joueur, il est certain que sa perte est due à la malchance et non à une erreur d'analyse. « J'ai trop affiché mes gains, j'ai pavoisé devant mes collègues, je les ai humiliés... » Ou : « Je n'aurais jamais dû acheter ce cabriolet, il est trop voyant. » Ou : « Je n'ai pas appelé mes parents depuis un mois... » ; « J'ai trompé ma petite amie... » ; « Cette fille me porte la poisse... » ; « Si je recommence à gagner de l'argent, j'irai à l'église, à la synagogue, à la mosquée... »

Mais moi, je n'ai rien à me reprocher. Je ne frime pas. Je n'ai pas de quoi pavoiser. Je n'ai plus de cabriolet. Plus de petite amie. J'appelle ma mère tous les soirs, même si je n'écoute pas vraiment ce qu'elle me dit.

Non. Je dois tenir. Et surtout résister à la tentation de l'appeler.

Avant de quitter le bureau, je regarde à l'entrée pour voir si je n'ai rien reçu. Les lettres me manquent. Je m'y suis habitué.

Surprise... Un immense bouquet m'attend. Le même qu'à l'Eden Roc ! Une odeur envoûtante. Le même geste, pour ouvrir l'enveloppe rose pâle. Pas de précipitation pour lire mon message. Je le savoure avant de l'avoir lu. Que me dit mon ami, aujourd'hui ? C'est une douche froide, glacée même. Plus de conseils de trading, plus de congratulations chaleureuses. Des mots qui sonnent comme un arrêt de mort : « Je te détruirai comme tu as détruit ma vie et je déposerai ce bouquet sur ta tombe. »

Ça ne m'amuse plus. J'appelle la société de livraison, qui m'assure recevoir les instructions et l'argent en liquide par courrier anonyme. Je commence à paniquer. Bien sûr, il m'est arrivé de briser la carrière de certains traders, dans les banques américaines, après chaque crise et la compression de personnel qui suivait. Rien qui justifie une menace de mort... Il n'y en a qu'un qui peut m'en vouloir à ce point. Une plutôt. J'ai licencié Eva pour l'empêcher de nuire.

Nuit blanche garantie. Je me refais *Souviens-toi l'été dernier*.

## Mercredi 16 avril
## 100 000 euros

Euro/$ : 1,5760. Or : 925 $. Pétrole : 113,50 $.
Le CAC ouvre à 4 794.

J'ai amorti le choc du premier passage au-dessous de la mise de départ. J'ai décidé de ne pas me stresser pour les lettres anonymes. Je parviens à nouveau à réfléchir. Je dois rester concentré, focalisé sur le trading et rien d'autre.

Je n'ai pas de regret.

Même si je me suis avancé un jour trop tôt, j'assume les positions que j'ai aujourd'hui. Elles correspondent toutes à mes convictions. Je perds pas mal d'argent sur le pétrole – qui atteint son record absolu. Et pourtant je n'arrive toujours pas à croire à la hausse. Selon moi, une économie mondiale qui ralentit, c'est une demande de pétrole qui baisse et un prix du pétrole qui chute. Le problème est que tous les fonds spéculatifs sont positionnés à la hausse et continuent chaque jour à le pousser. Cela me conduit à la question du jour : à quel moment une conviction se transforme-t-elle en entêtement ? Quand doit-on se dire qu'on a tort, que le marché a raison et qu'il vaut mieux prendre sa perte plutôt que de s'entêter ?

Question complexe. Comme toujours. En fait, il faudrait raisonner en toute objectivité en oubliant sa position. Chaque jour. Se demander : « Si aujourd'hui je n'étais pas encore positionné sur le pétrole, au vu des nouvelles et des cours du jour, est-ce que je serais acheteur ou vendeur du pétrole ? » Le problème est, les traders le savent tous, qu'on raisonne à partir de sa position, sans objectivité possible. Moi qui ai vendu du pétrole, je suis tenté de me dire : si je n'en avais pas vendu, je serais aujourd'hui « objectivement » baissier sur le pétrole. Mais je ne suis pas objectif. Il faut faire avec.

Je vais aller au ciné. Pas envie de rentrer dans ma prison. J'adore les films d'action. Mais je vais peu au cinéma.

Je préfère regarder des DVD à la maison. Je me sens un peu moins con que seul au cinéma.

J'aimerais un film qui me fasse pleurer. C'est bon de pleurer. Je ne pleure pas assez. Même à l'enterrement de mon père, j'ai eu du mal à pleurer. Et j'avais honte de mes parents éloignés qui sanglotaient sans retenue.

Quels films m'ont fait pleurer ? Quand j'étais petit, *West Side Story*... « Tony !... Maria... !... Tony... !... Maria... ! Te adoro, Tony... » Quand j'étais ado, *À l'est d'Eden* de Kazan et *L'Incompris* de Comencini. Deux films, un même thème : un gosse et ses parents, l'un aimé, l'autre détesté. Mes parents m'ont aimé autant que mes frère et sœur, c'est moi qui ai trop peu aimé mes parents. En respectant un équilibre parfait. Aussi peu l'un que l'autre.

Adulte ? Rien. Aucun film ne m'a fait pleurer. Difficile d'avoir les larmes aux yeux devant Chuck

Norris ou Bruce Lee. La mort d'Apollonia, l'épouse de Michael Corleone, m'a secoué, mais « un rital ne pleure pas devant un film de mafia ». *Amélie Poulain* m'a fait pleurer... de mépris. Lamentable, en effet.

Je feuillette *Pariscope*. Même quand j'étais jeune, je n'achetais pas *L'Officiel des spectacles*, pourtant moins cher. Le goût du luxe, déjà...

J'ai atterri dans le Quartier latin. Je n'y ai pas foutu les pieds depuis ma prépa à Louis-le-Grand. Un bon souvenir... L'ivresse du petit garçon pauvre qui investit un temple de l'élitisme. Pour mon retour, j'ai choisi *À corps perdu*, avec Penelope Cruz et un prénom qui m'inspire : Italia. Mais Penelope est enlaidie et à contre-emploi. Plus glauque, tu meurs. Exactement ce qui me fallait. Pas une larme mais envie de vomir. Parfait.

## Jeudi 17 avril
## 83 400 euros

Euro/$ : 1,5940. Or : 945 $. Pétrole : 114,95 $.
Le CAC ouvre à 4 885.

Compte : 126 000 – 42 600 : 83 400.

Black Thursday... Je perds sur tout. 10 000 euros sur l'euro. 20 000 euros sur le pétrole et 11 000 euros sur l'or.

C'est le grand plongeon. Perdre 3 000 euros sur 100 000 euros, c'est une paille. En perdre 20 000, c'est une catastrophe. Peu importe le montant absolu 20 % de pertes en quelques jours. Le chiffre qui fait mal. En finance, 20 %, c'est le chiffre du krach. On dit qu'un marché boursier connaît un krach s'il baisse de plus de 20 %.

Je vis mon krach personnel. Encore un. Journée terrible. Tous mes échecs de trader défilent devant mes yeux. Avec ce mot que je ne peux m'empêcher de répéter à longueur de journée : loser, loser, loser, loser... « Loser » pour un trader, ça résonne comme le bruit de la trappe, sous le gibet. Un trader loser, c'est un top model défiguré, un joueur de poker manchot, un écrivain en phase terminale d'Alzheimer.

Je suis un loser, loser, loser, loser... J'ai fait faillite deux fois. Comment ai-je pu m'imaginer une seconde que je pourrais revenir dans la course ? Ce n'est pas un come-back, c'est une déroute. Si je perds encore 10 %, je prends ma perte et j'arrête tout.

## Vendredi 18 avril
## 102 700 euros

Euro/$ : 1,5750. Or : 922 $. Pétrole : 113,95 $.
Le CAC ouvre à 4 885.

Si je ne me refais pas, je l'appelle. Tant pis pour mes principes. Je les ai respectés même pendant les années de famine. Mais la tentation monte ; en moi et autour de moi. Elle est là, toute proche. Je la sens.

Il y a deux ans, j'ai appris qu'elle vivait à Caracas. Eva est une tricheuse. Grillée partout. Grillée à Paris, bien sûr, mais également à Londres et à New York. Elle a tenté de remonter son circuit à Singapour, mais les autorités locales l'ont remarquée et l'ont mise dans un « charter ». À Caracas, ils ont fermé les yeux sur son passé. Elle a dû user de son charme et... de sa fortune. À trente-huit ans, elle doit peser plus de 200 millions d'euros.

Riche, mais carbonisée. La liste des pays où elle a encore le droit d'aller rappelle l'axe du mal de Bush. Elle ne doit pas apprécier. Son univers à elle, c'était les grands hôtels, New York, Rome, Londres, Tokyo... et la voilà condamnée à errer entre le Liban, le Soudan et la Corée du Nord. Même Carlos le Terroriste circulait plus facilement.

Je l'appelle lundi si je ne m'en sors pas.

Quelques jours sans lettre. Tant mieux. Je n'ai pas besoin de ça en ce moment.

## Samedi 19 avril

Je supporte mal la pression. L'âge, sûrement. Avant, la pression me boostait. Aujourd'hui, elle me fait mal. Physiquement. Comme un plongeur qui descend sans marquer de palier. Ses poumons se gonflent d'air avant d'exploser. J'ai peur qu'il m'arrive la même chose.

Je lis la presse, mais je n'arrive pas à me concentrer. Sauf sur cet article du *Figaro* et pour cause... C'est une enquête sur les traders titrée : « Un métier sous haute pression » : « Comme des pilotes de formule 1, les traders vivent à 300 km/h. Ils sont jeunes et, en grande majorité, de sexe masculin, mais ils travaillent pour des grandes banques. Les bonus qu'ils touchent en fin d'année peuvent atteindre 3 à 5 millions d'euros. Ils se lèvent très tôt, passent leur journée assis devant des écrans d'ordinateurs affichant une multitude de chiffres et de courbes, en fonction desquelles ils décident d'acheter ou de vendre divers actifs financiers : actions, obligations, devises, matières premières, ainsi que des produits dérivés sophistiqués... »

C'est un portrait assez fidèle, sauf la fin :

« [...] Comme des joueurs de casino, pour gagner plus ou pour “se refaire” après une mauvaise journée, certains sont tentés de transgresser les règles. Ce fut le cas de Jérôme Kerviel, qui a joué hors des limites autorisées et fait perdre à la Société Générale 5 milliards d’euros. »

Kerviel n’était pas un trader. Il n’était pas des nôtres. C’est pour cela qu’il a explosé. Kerviel c’est la grenouille dans la fable de La Fontaine.

*Kerviel vit un trader*
*Qui lui sembla riche en bonus*
*Lui, qui n’était pas plus gros qu’un contrôleur*
*Envieux, spécule, ruse et plus*
*Pour égaler le trader en grosseur*
*Disant « regardez bien mes supérieurs*
*Est-ce assez ? Dites-moi. N’y suis-je point encore ?*
*– Nenni. M’y voici donc ? – Point du tout. M’y voilà ?*
*– Vous n’en approchez point. »*
*L’ambitieux simule et accumule*
*Spécula si mal que la banque en éclata.*

*Le monde est plein de gens qui ne sont pas plus sages :*
*Tout employé veut jouer comme les grands traders,*
*Tout petit prince a des ambassadeurs,*
*Toute banque veut vivre de mirages...*

*Jean le Trader*

Voilà qui m’a détendu un peu. La Bourse aime bien les animaux. Les grenouilles et les bœufs, mais aussi les ours et les taureaux.

Depuis des décennies, ces deux nobles bêtes se partagent le devant de la scène financière. Les *bulls* sont les « haussiers », les *bears* sont les « baissiers » ;

les premiers se déchaînent dans les bulles, les deuxièmes se complaisent dans les krachs.

Et tout trader a un biais. Même s'il joue indifféremment la hausse comme la baisse, il garde une tendance naturelle. C'est quasi génétique. Les optimistes de nature sont généralement des bulls et les pessimistes et les dépressifs des bears.

Je suis cynique, pessimiste et un peu dépressif. Je suis un *bear*.

*Bulls* et *bears*, nous convoitons la même proie, la même victime que nous prenons un malin plaisir à dépecer : le mouton.

Un mouton que les ours et les taureaux éventrent quotidiennement en grandes quantités. Le mouton est le suiveur. Celui qui achète parce que les autres ont acheté, qui vend parce que les autres ont vendu. Telle est la majorité, silencieuse même quand elle se fait tuer. La foule applaudit Pétain un jour et de Gaulle le lendemain. Je hais les moutons.

Les musulmans ont compris : ils les égorgent et font la fête après. Sur les marchés financiers, les traders sont comme eux : ils massacrent les moutons et dansent autour de leurs cadavres. Sur les marchés, c'est l'Aïd tous les jours de l'année.

Sans le mouton, il n'y aurait pas de Bourse. Sans le mouton, le taureau ne pourrait pas faire monter une action, un indice, une matière première. Sans le mouton, l'ours ne pourrait pas piétiner les cours des actifs. Sans le mouton, l'industrie financière n'existerait pas. Je milite pour que le mouton figure dans la galerie des symboles de la Bourse et sur la plus haute marche du podium.

À l'heure de la sino-béatitude, il est d'ailleurs intéressant de constater que ni l'ours ni le taureau ne font partie des douze signes de l'horoscope chinois.

Le mouton, si. C'est le huitième signe (mouton, chèvre... le yang !). Troublant.

Quand on veut faire du trading, il faut laisser les autres jouer le rôle du mouton, les laisser alimenter la planète financière en laine, viande et cuir. Les laisser se sacrifier noblement...

## Dimanche 20 avril

J'ai passé la journée au lit. À passer dans ma tête le film de mes souvenirs de trading. Un certain 16 décembre, surtout : le jour où j'ai sauvé le franc. Jour de gloire !

Décembre 1995. La France est paralysée. Grèves dans les transports, deux millions de citoyens descendus dans les rues, moral en berne, gouvernement en échec. Et une seule actualité : la « défense des acquis sociaux ». Les fonds anglo-saxons mènent une offensive spéculative brutale contre le franc.

Ce jour-là, le 16 exactement, je me le rappelle comme si ça s'était passé il y a une heure, Sunee téléphone à mon bureau.

— Salut, Sunee, *wassup ?*

— Sam, on y va ?

— Où, *my dear* ?

— On achète le franc ?

— *Are you crazy ?* Tu as regardé par ta fenêtre ? Tu sais ce qui se passe dans le pays ?

— Je sais. Je ne vis pas sur la Lune !

J'en doutais parfois. Sunee donnait l'impression de vivre sur une planète qui n'était pas celle du commun des mortels. Une planète où ne vivent que les traders internationaux, un monde virtuel où il est plus facile de deviner le prix d'un jet que celui d'une baguette de pain.

— Tu n'as pas entendu la sortie de Juppé ? Sur le mur de l'argent et les gnomes de Londres qui agressent la France... Il a mis les British en rage. Ils veulent faire exploser notre belle devise nationale. Ça te rappelle des souvenirs ?

Elle n'a pas répondu, mais je ne doutais pas que le souvenir restait vif : c'était elle, avec George Soros, qui avait fait exploser la livre sterling en 1992. À l'époque, la Banque d'Angleterre l'avait appelée pour la persuader d'arrêter de spéculer. Ce qui ne l'avait pas arrêtée.

— Sam. *Listen to me.* C'est bientôt Noël. Les grèves vont devoir s'arrêter. Les mères de famille doivent déjà demander à leur gréviste de mari comment ils vont payer les cadeaux de Noël des enfants. Tout cela va se calmer. Juppé est un technocrate, mais il est bon. Il ne lâchera pas le franc... Et puis il faut bien qu'on défende notre pays !

Sunee me surprendra toujours. Dans le monde sans morale de la spéculation, elle s'était fixé des limites qu'elle seule était capable de comprendre. Et éprouvait un plaisir sans limite à joindre l'utile à l'agréable...

— Depuis quand la France est ton pays ?

— Depuis qu'elle m'a adoptée. Et vice versa.

Elle insiste, sans me laisser le temps de répondre.

— Allons-y Sam, achetons le franc.

Je l'imaginais, le téléphone coincé sur l'épaule, l'air malicieux, le regard braqué sur les chiffres qui défilent sur son écran. Son équipe autour d'elle. Des dizaines de traders à ses ordres, prêts à bondir au moindre de ses gestes. Je l'avais vue faire. Quand elle décidait d'agir, elle se levait lentement. En une fraction de seconde, le brouhaha qui régnait dans la salle de marchés se transformait en silence pesant. Elle prononçait doucement le nom de l'action ou de la devise sur laquelle elle voulait intervenir. Puis, d'un geste de la main, elle indiquait la nature de l'opération : paume vers l'extérieur pour vendre, paume vers l'intérieur pour acheter. Ce simple geste déclenchait une tempête ; tous ses traders se ruaient sur leurs téléphones et hurlaient des ordres à leurs courtiers. En quelques secondes, elle faisait basculer une monnaie ou flamber une action. Du grand art.

Mon silence la rendait nerveuse, mais elle se gardait bien de le montrer. À force de ne communiquer que par téléphone, les traders arrivent à interpréter les silences comme les mots avec une étonnante facilité. Pas besoin de visioconférence.

Je la voyais en Tigre et Dragon, le sabre à la main, les muscles bandés, prête à bondir sur les méchants.

— Contrer les « Rosbeefs », comme tu dis, ça ne te ferait pas plaisir ?

J'adore Sunee, mais là, elle me faisait peur.

— Vas-y seule. Je ne te suis pas. Trop dangereux.

Soupir au bout du fil. Bruit de chaise qu'on repousse. Elle devait arpenter son bureau, une main dans la poche de son jean. Sunee avait une bonne raison d'être pressante. Son fonds n'était pas assez gros pour renverser la tendance. Elle avait vraiment besoin de moi et de ma banque. Et ne cherchait pas à le cacher.

— Sam. Rappelle-moi une chose : est-ce qu'on a déjà perdu sur un coup ensemble ?

Ce ton qu'elle savait prendre... Chaud, ferme, rassurant, quasi maternel. Irrésistible.

— Non. J'avoue. On a toujours eu la baraka. Mais

je n'ai pas envie de faire le coup de trop. *Quid* si les manifestations s'amplifient, que le gouvernement tombe et que le franc s'écroule encore ?

— Nous sommes morts.

Elle explose de rire. Sunee envisageait la mort, financière ou autre, d'une manière tout orientale – le secret de son invincibilité, peut-être.

— Sam, Noël est dans neuf jours, c'est sacré. Ils rentreront tous à la maison. Les grévistes avec une prime et les fonds *english* avec la claque qu'ils méritent.

Sous cette folle audace, il y avait finalement un immense bon sens...

— Il faut mettre combien sur la table ?

— 10 milliards de francs chacun.

— La vache ! Si on plante...

— On ne plantera pas... *Let's do it*... On perd du temps...

— *Just a second !* Restons calmes. On ne parle pas d'acheter une bague.

— Tu m'en devras une si on fait un carton.

— Aucune chance... Je te paierai un McDo, menu Super Size parce que je suis bon. OK. *I'm in*. On fonce.

20 milliards de francs en quelques heures sur les marchés. À nous deux. Les fonds anglo-saxons ont cru que la Banque de France et la Bundesbank s'étaient alliées pour briser la spéculation. Ils ont paniqué... et se sont mis à racheter du franc. Trois jours plus tard, le conflit social refluait et le travail reprenait. Le franc avait repris près de 15 %. Sunee et moi, sur ce coup-là, nous avons gagné 1,5 milliard de francs pour nos boîtes respectives, et des primes royales. Sunee me rappelle souvent que nous sommes les sauveurs du franc, d'obscurs et humbles bienfaiteurs.

## Lundi 21 avril
## 103 400 euros

Euro/$ : 1,5800. Or : 915 $. Pétrole : 116,70 $.
Le CAC ouvre à 4 930.

Étrange sensation, ce matin après un long week-end de recul.

J'ai retrouvé ma sérénité. Je me suis même pris à siffler en buvant mon café, et j'admire la machine à sous Nespresso sans haine. « *What else ?* » Clooney, toi, je te déteste ! Nos femmes ne nous regardent même plus.

Ma bonne humeur est-elle rassurante ou inquiétante ? Est-ce la tranquillité de celui qui détient la vérité ou le calme de l'inconscient irresponsable ?

Tous les grands traders sont maniaco-dépressifs... les petits aussi, d'ailleurs. À la dépression succède l'euphorie et les deux phases sont dangereuses.

Et moi, ce matin, je marche sur un fil et je me demande de quel côté je vais tomber, dépression ou euphorie ? Je penche du côté euphorique.

Je n'ai plus aucun désir d'appeler Eva. Je ne crèverai pas. Je vais gagner. Je vais me refaire. Je vais avoir raison. Je vais vivre riche.

Et si je crève, je crèverai sans avoir triché. Reste

avec le diable, Eva. Tu me disais : tout le monde triche, sur les marchés. D'une façon ou d'une autre. Tu avais sûrement raison. Quelle différence y a-t-il entre un dirigeant qui vend ses propres actions en sachant que sa société va rencontrer des difficultés et un trader qui utilise une information non publique ? Aucune. Mais le dirigeant reste un grand patron, et le trader est marqué du fer rouge.

Je t'ai écoutée pendant des heures. Tu étais convaincante. Je t'aurais écoutée parler de n'importe quoi. Car je ne t'écoutais pas. Je te regardais. Du jour où je t'ai embauchée, pendant toutes les années de formation, je t'ai regardée. J'ai fait de toi une arme indestructible. La meilleure. La perfection. Tout en te regardant.

Mais tu voulais aller vite, plus vite, trop vite. Et je n'ai jamais voulu te suivre. Quand j'ai découvert ce que tu avais fait, je t'ai virée. Sans te dénoncer. J'ai refusé de te revoir.

J'ai été brisé par la douleur pendant des semaines, des mois, des années. Mais je n'ai jamais pris mon téléphone. Je te détestais. Tu étais passée à l'ennemi. *Shame on you.*

Et tu as continué. Tu as recommencé ailleurs. Encore et encore. À quoi bon avoir tout le fric que tu as aujourd'hui si tu ne peux en profiter que dans les États voyous ? Non. Désolé. Tu ne m'auras pas. Reste au diable. VADE RETRO, EVA.

J'ai revu mes positions les unes après les autres et je n'arrive pas à changer d'avis. Le CAC recommence à gagner de l'argent. Je perds peu sur l'euro et sur l'or. C'est sur le pétrole que je me fais broyer. À ma décharge, le pétrole est à son niveau historique ; historique... on dit ça chaque jour... et personne n'avait rien prévu. Mais je reste persuadé que cette hausse est artificielle et spéculative. Et qu'elle porte en elle les germes d'un écroulement. Je ne peux m'empêcher de penser que cette hausse sent la manipulation à plein nez. Comme si quelqu'un tirait les ficelles, quelque part ; le jour où il les coupera, les marionnettes tomberont.

Espérons que je n'aurai pas à souffrir des années pour avoir raison sur le pétrole.

Si on veut durer dans le trading, il faut accepter l'idée que la finance est faite de cycles. Deux ans d'optimisme, trois ans d'euphorie irrationnelle, puis deux ans de crise, un an de convalescence, deux ans d'optimisme, trois ans d'euphorie irrationnelle, deux ans de crise, etc. Démarrer sa carrière pendant les deux années d'optimisme n'est pas bon. Au bout de cinq ans, on n'a connu que la hausse, et quand la bulle explose, on s'effondre, financièrement et moralement. Rares sont ceux qui remontent la pente.

L'idéal est de démarrer en période de crise. Quand on a connu une crise, on sait que toutes les hausses deviennent vite artificielles et, dans le jeu des chaises musicales, on évite de rester debout quand la musique s'arrête... Mais, en période de crise, personne ne recrute.

En vingt-cinq ans, j'ai connu l'explosion de la bulle dollar en 1985 (il valait plus de 10 francs à l'époque), la crise des pays d'Amérique du Sud au milieu des années 1980, la guerre du Koweït, l'explosion de la bulle japonaise, les crises du système monétaire européen de 1992 à 1995, la crise du franc, la faillite de la Russie en 1998, la pulvérisation du fonds LTCM, l'explosion de la bulle Internet en 2000, le

11 septembre 2001, l'explosion de la bulle immobilière américaine et la crise des subprimes en 2007, l'explosion de la bulle chinoise en 2008 et bientôt (j'espère) l'explosion de la bulle des matières premières et du pétrole.

Association d'idées. Bulle... un soufflé...

Un soufflé. J'adore ça. Je n'en ai pas mangé depuis des siècles. Les meilleurs de Paris sont servis dans un restau ultrarétro, rue Mont-Thabor, près des grands hôtels des Tuileries, Le Soufflé. J'y vais sans appeler.

19 h 30, la salle est déjà bourrée. Normal, les Amerloques dînent super-tôt, et l'endroit est toujours plein de touristes.

Je reconnais le petit serveur, mais il m'a oublié, lui aussi. Il me trouve une petite table dans un coin. Il a une bouille d'enfer. Petite moustache. Cinquante-cinq ans. Souriant. Tunisien ou marocain. Tunique blanche. On a l'impression que le temps s'est arrêté dans les années 1950. On aimerait entendre des dialogues d'Audiard, mais on n'entend que de l'anglais. Derrière moi, une table de Sud-Am. Ils fêtent l'anniversaire d'un des gosses. *Cumpleaños feliz.* Le gosse met sa bougie dans le soufflé, qui se dégonfle instantanément. Je devrais foutre une bougie sur le marché du pétrole.

Mon serveur sorti tout droit d'*OSS 117* version « Mon bon Slimane » par Jean Dujardin me tend le menu.

— Pas la peine, je sais ce que je veux. Salade verte. Une double. J'adore votre vinaigrette. Un soufflé fromage et, en dessert, un soufflé chocolat avec de la sauce chocolat noir... Beaucoup.

Ça le fait sourire. Personne ne remarque que je suis seul. Personne ne me remarque. Je fais retomber deux soufflés, ce soir. Comme dans une cérémonie vaudoue. « Pétrole, pétrole, retombe... »

## Mardi 22 avril
## 87 000 euros

Euro/$ : 1,5870. Or : 915 $. Pétrole : 117,20 $.
Le CAC ouvre à 4 840.

Ma cérémonie au Soufflé n'a servi à rien. Le pétrole a atteint un nouveau record. La hausse est de plus en plus « irrationnelle », et pourtant, personne sauf moi n'ose prédire la fin de la hausse. Et cette hausse me met dans une situation de plus en plus délicate.

Paradoxalement, aujourd'hui, malgré ma performance médiocre, je me sens rassuré : la Bourse de Shanghai est passée en dessous de 3 000. Soit une baisse de plus de 50 % depuis son record d'octobre 2007, 6 100. À cette époque, je parlais dans la presse de « bulle chinoise » et d'explosion prochaine. Au début, on m'écoutait. Puis, comme la Bourse de Shanghai continuait à flamber, on souriait avec un peu de condescendance quand je parlais de krach en Chine (« le pauvre, il est obsédé par la Chine... un traumatisme ancien, un souvenir refoulé de la petite enfance probablement... »). Aujourd'hui, c'est une victoire pour moi.

50 % sur Shanghai. J'en étais sûr. Et c'est arrivé.

Un coup de fil. C'est amusant, un journaliste veut m'interviewer sur le thème : il était le seul à avoir vu le krach de Shanghai.

Les mois que j'ai passés en Asie, la connaissance de la psychologie des opérateurs asiatiques que j'en ai retirée ont nourri ma conviction sur la chute de Shanghai. Les Chinois sont des joueurs et des spéculateurs-nés. Quand je travaillais dans des groupes américains, j'avais la responsabilité d'équipes de traders installés à Singapour et à Hong Kong. Il ne se passait pas un mois sans que je sois obligé de virer une personne de mon équipe. Dévorés par la folie de la spéculation, ces jeunes traders confondaient leurs comptes personnels et ceux de nos fonds, et compensaient leurs pertes de « jeu » sur les marchés avec l'argent des clients.

En attendant, j'aimerais que le krach du pétrole se déclenche.

Plus de lettres anonymes. Ce silence me perturbe. Si le corbeau rôdait autour de moi ? J'ai la trouille. De lui. Et du pétrole. Et de tout.

## Mercredi 23 avril
## 77 000 euros

Euro/$ : 1,5970. Or : 919 $. Pétrole : 118,40 $.
Le CAC ouvre à 4 885.

D'habitude, j'aime bien le mercredi, c'est le jour des enfants. Je n'en ai pas, ça n'empêche ; j'aime bien regarder se promener ceux des autres. Mais ce mercredi, sur les marchés, ce n'est pas un jour pour les enfants...

Je traîne les pieds pour aller au bureau. Café chez Carette. Je serre les dents et c'est dur. Impossible d'avaler un croissant ou un macaron. C'est pourtant leur spécialité.

Il y a un petit rayon de soleil. Je me suis mis en terrasse, avec la presse. Les records absolus de l'euro et du pétrole font la une. Même *Le Figaro*, titre en une, à côté d'une photo de Laure Manaudou : « Euro et pétrole au plus haut : nouvelles menaces sur la croissance ». Ça me rappelle des mauvais souvenirs.

Heureusement que je n'ai que 100 000 euros à jouer, mais je me vois mal annoncer à Sunee que j'ai tout perdu. Pas le choix donc. Je dois tenir.

Je me demande souvent si j'aurais pu, ou si j'aurais dû faire un autre métier. Surtout dans les phases difficiles.

Il me fallait un job dans lequel je pouvais brasser de l'argent et gagner de l'argent. J'en connais peu où on peut gagner une fortune à vingt-cinq ou trente ans. La vente d'armes... mais je ne suis pas prêt à me colleter avec les mafias russe ou chinoise. L'avantage du trading, c'est de permettre de cumuler tous les vices en affirmant, costume rayé et mine sérieuse : « Je travaille dans la finance. »

Je me dirige tout de même vers le bureau. J'ai deux présentations à faire à des clients. Cela va me changer les idées. Cela m'évitera de rester collé à l'écran toute la journée.

En entrant dans les locaux, je l'aperçois dans la corbeille du courrier. L'enveloppe est blanche bordée de gris. Comme un faire-part de décès. « L'histoire se répète. *You're going down.* » On connaît mes positions de trading. On sait que je m'acharne sur le pétrole comme je me suis acharné sur l'Internet. Aller porter plainte ? Les flics vont me rire au nez. Et puis, si mes soupçons sont fondés, ils ne seront pas à la hauteur, face à la créature qui rôde autour de moi...

12 juin 1999. Paris.

Sonnerie. Le voyant, sur mon téléphone, indiquait que l'appel était intérieur.

— Sam, il faut que je te parle. Vite.

Aurais-je dû être alerté par sa voix ? Non. Elle parlait toujours comme ça, entre femme fatale de série B et tragédienne à l'antique.

— Eva, je suis *busy*. Je boucle un truc et je viens te voir.

— Non. Pas au bureau (un silence puis cette demi-confidence exaspérée : ) tout le monde nous regarde, quand on se parle...

— OK. Dans quinze minutes au Berkeley.

Eva travaillait pour moi depuis quatre ans. Laurent avait eu du flair : elle était notre meilleur trader. Elle rapportait des dizaines de millions de francs chaque année à la banque et empochait à vingt-huit ans ce que je gagnais à trente. Elle avait atteint son objectif : elle m'avait battu. Mais son ambition dévastatrice et son agressivité commerciale créaient une ambiance détestable dans notre équipe de Paris. Et elle n'était jamais gaie. Insatisfaite. Brutale. Prête à vous mordre à la carotide et à ne plus lâcher prise. La quantité de sang versé n'était jamais suffisante pour elle.

Je l'avais aiguillée depuis plusieurs semaines sur le titre General Industrial coté à New York. Je trouvais les volumes traités anormalement élevés. Cette action prenait deux à trois pct par jour, en hausse de 50 % depuis le début d'année. Puis elle avait soudainement chuté de 30 % sur l'annonce de prévisions de chiffres d'affaires décevants pour l'année à venir. Je ne comprenais pas pourquoi la direction de General Industrial noircissait autant le tableau pour l'avenir, et pourquoi elle semblait vouloir faire baisser le titre après l'avoir poussé à la hausse précédemment.

J'avais demandé à Eva d'enquêter, d'interroger les traders et les courtiers spécialisés sur le titre. Je l'avais même autorisée à aller à New York pour y voir de plus près. J'étais certain qu'un coup fourré se préparait, et je voulais acheter pour quelques dizaines de millions de dollars d'actions General Industrial pour notre banque en trading. Eva était rentrée la veille de New York et nous n'avions pas eu le temps de débriefer.

Le Berkeley changeait régulièrement sa déco mais il avait toujours un petit côté eigthies années fric. Eva s'est glissée sur la banquette, tout près de moi. Impossible de ne pas remarquer qu'elle lançait des regards furtifs à droite et à gauche. Il est vrai que, dans le quartier, on pouvait se trouver à portée d'oreilles branchées trading. Mais le bar était quasi vide – ici et là, un couple illégitime qui prenait un café rapide avant de rejoindre les familles respectives. Elle était si près de moi que même mon café sentait le jasmin.

— Pourquoi tant de mystère, Eva ? On aurait pu se voir dans mon bureau, non ?

— On nous épie. J'en ai assez. Ils sont jaloux de notre proximité.

Son accent libanais donnait au mot une saveur particulière. J'ai apprécié au passage. Mais, pour l'instant, notre « proximité » n'était pas le sujet. Elle a encore baissé la voix.

— Écoute bien. Tu as vu juste. Il se passe quelque chose chez General Industrial. Le fonds BBK va lancer une OPA. C'est lui qui a acheté des dizaines de milliers de titres et fait monter l'action de 50 %.

— Il s'est bien fait avoir. Le cours a chuté après l'annonce des prévisions pour l'année.

— Non, Sam. Le fonds est de mèche avec le management. Le management a volontairement fait paniquer les investisseurs en annonçant des mauvaises nouvelles. Le fonds va pouvoir lancer une OPA à un cours beaucoup plus faible et le management va garder sa place et sera très grassement récompensé.

— *Good news.* On va constituer une grosse position pour la banque.

Elle n'a pas répondu, mais elle a posé sur moi un regard bizarre. Celui d'une femme qui vient de filer de la mort au rat à son mari. À ce moment, seulement à ce moment, mes signaux d'alerte se sont déclenchés. Ça clignotait et ça hurlait. J'ai eu l'impression de marcher sur des rasoirs, tout à coup. Elle a vu ma réaction. Elle a abattu ses cartes.

— Non. C'est trop tard. Nous sommes initiés. J'ai obtenu l'information directement. Par le banquier d'affaires en charge de l'OPA. Il ne s'agit plus de présomptions d'OPA, mais d'une certitude.

— Et tu as su ça comment ?

— En couchant avec lui.

Les signaux d'alerte ont cessé de hurler. Je me suis écroulé à plat ventre sur les rasoirs. J'ai essayé de me relever.

— Pardon. J'ai mal entendu.

Elle n'a même pas essayé d'amortir le choc. Droit dans les yeux elle a répété :

— En couchant avec lui. Il était ivre, il a tout raconté.

C'était bien ça : elle m'annonçait froidement qu'elle avait couché avec un homme pour lui soutirer une information...

Je l'ai dévisagée sans comprendre. Elle aurait pu inventer autre chose pour expliquer qu'elle avait eu le tuyau, mais non. Elle me balançait la totale. Il n'avait jamais été question ni de fidélité ni même d'amour entre nous ; pourtant, dans sa façon d'être avec moi, il y avait quelque chose qui ressemblait, je n'ai pas d'autre mot pour le dire, à de la passion. Ça cadrait mal avec ce qu'elle disait – sauf si l'aveu lui-même avait quelque chose à voir avec la passion.

J'étais largué. Instinctivement, j'ai laissé le côté sentimental de côté. Il n'était question que de fric, après tout.

— Je t'avais dit de te renseigner, pas d'extorquer des confidences sur l'oreiller. Nous voilà comme des cons. Nous ne pouvons plus toucher à cette action.

Car, bien sûr, son information nous mettait hors la loi. Le délit d'initié, pour un trader, c'est un braquage à main armée...

Je faisais semblant de ne pas comprendre.

— Avec ta connerie, c'est des dizaines de millions de dollars de profits qui s'envolent pour la banque.

— On s'en fout.

C'est bien ce que je redoutais.

— Comment, on s'en fout ?

— Sam. C'est l'occasion de faire un coup pour nous. Perso. On achète pour 40 millions de dollars d'actions sur un compte offshore de mon père. Il suffit de mettre 10 % en garantie. Tu les avances. L'OPA va se faire 50 % au-dessus du prix actuel. On empoche 20 millions de dollars à deux. En quelques jours. 10 millions chacun nets d'impôts !

— Tu n'es pas sérieuse ? C'est totalement illégal. Je ne veux pas entendre parler de ce type de deals.

— C'est trop tard, Sam. J'ai lancé les achats.

— Mais où as-tu trouvé l'argent, pour le dépôt de garantie ?

— J'ai dit à mon père que tu étais dans le coup et il a mis une partie de la mise de départ en attendant que tu transfères le reste.

Non seulement elle avait versé la mort au rat, mais elle avait fait disparaître la boîte et fignolé l'alibi. Je me suis levé d'un coup et je lui ai braqué mon doigt sous le nez.

— Je ne transfère rien. Tu es folle. Et idiote. On

va finir en taule à cause de tes conneries. Je te donne une heure pour quitter les bureaux. Tu es virée.

Son regard était devenu glacial. Comme si c'était moi qui avais bu le potage à l'arsenic.

— Tu te rends compte de ce que tu fais ? Si tu me vires, tu ne me verras plus jamais. Jamais.

À ce stade, je n'avais pas l'intention de la revoir. La rage m'empêchait de comprendre ce que ça signifiait.

— Je m'en fous. Dégage. Et tu as de la chance que je ne te dénonce pas.

— Regarde-moi bien, Sam. Tu es un pauvre con. Un faux winner et un vrai loser. Tu finiras seul et pauvre.

Elle a glissé sur la banquette en sens inverse, elle a traversé la salle en flageolant sur ses escarpins Louboutin et elle est sortie. Une scène de film : « *Eva*, dernière. » Depuis, je me la suis repassée des dizaines de fois et, chaque fois, je me demande : est-ce que j'ai vu flou ? Est-ce que je l'ai vraiment vue au bord des larmes ? Des larmes de colère ?

En tout cas, elle n'a plus jamais donné signe de vie ; jusqu'à... maintenant.

L'OPA a bien eu lieu une semaine plus tard. Une enquête a été ouverte pour délit d'initiés. On soupçonnait des investisseurs sud-américains, mais on n'a jamais pu coincer les coupables.

## Jeudi 24 avril
## 97 000 euros

Euro/$ : 1,5740. Or : 902 $. Pétrole : 117,40 $.
Le CAC ouvre à 4 840.

Ouf. Ça va mieux. Un peu mieux. Je n'ai toujours pas repassé la barre de la mise de départ, mais j'ai récupéré 20 000 euros en une journée. J'ai bon espoir de rebondir.

L'euro a commencé à décrocher et je suis revenu à mon cours de vente initial. Je gagne même un peu d'argent sur l'or, qui commence à décrocher. C'est le pétrole qui me pourrit le compte mais c'est pourtant la position dans laquelle j'ai le plus confiance. Je sens l'écroulement sur le pétrole. Le problème est que je le sens depuis des jours et des semaines et qu'il ne vient toujours pas.

Je n'ai rien à faire au bureau. Je reste les yeux rivés sur les écrans à regarder les cours fluctuer. Hypnotisé.

Un peu de sport pour m'occuper l'esprit... Je vais surfer sur Internet.

Google. Incontournable. Je tape « Oil ». Des milliers d'articles sur la hausse du pétrole. Ça me saoule. Je tape « New York », « Photos ». Je voulais faire du tourisme, mais je ne vois que des images du 11-Septembre et des tours en feu. Horrible.

Je tape « Ventura ». Quelques vagues articles sur des interviews que j'ai données. Rares. « Lino Ventura ». J'adore ce type. Son côté grande gueule bourrue avec un cœur énorme. Je lis sa bio. Je ne savais pas qu'il avait été champion de lutte gréco-romaine. Blessé, il a dû arrêter sa carrière. Un copain lui a dit qu'on cherchait un rital baraqué pour donner la réplique à Gabin dans *Touche pas au grisbi*. Et c'est parti... Tout le monde peut rebondir, dit-on... Le truc de la deuxième chance. Un mal pour un bien, etc. Bof... Une réplique me revient, des *Tontons flingueurs* : « Les cons, ça ose tout. C'est même à ça que tu les reconnais. » Je me reconnais assez bien.

Ray Ventura. Je l'avais oublié, celui-là. Ray Ventura et ses collégiens. Un orchestre monté avec des potes de Janson-de-Sailly, dans les années 1920. « Tout va très bien, madame la marquise » ; « Qu'est-ce qu'on attend pour être heureux ? » T'as raison, Ray. Qu'est-ce que j'attends pour être heureux ?

« Ventura, California ». Voilà d'où vient la chanson d'America, « Ventura Highways »... Il y a des photos. Ça a l'air fabuleux. 107 000 habitants. Bord de mer. Ce serait marrant de me retirer là-bas si je fais fortune. Sam Ventura. Adresse : Ventura. California. Classe.

Non. Je reste sur New York, mais je ferai un saut à Ventura de temps en temps.

Amusant, la ville créée en 1782 s'appelait Buenaventura. Elle est devenue ensuite Ventura. Voilà d'où ma mère tient cette idée de chance, sans le savoir. Ventura est la version courte de Buenaventura. Bonne aventure... On ne peut faire mieux. Et si ça marchait ?

## Vendredi 25 avril
## 116 900 euros

Dow Jones : + 0,67 %. Shanghai : – 0,71 %. Nikkei : + 2,38 %.
Euro/$ : 1,5640. Or : 887 $. Pétrole : 115,40 $.
Le CAC ouvre à 4 920.

« Mais c'est incroyable ! Rocky Balboa se relève. Il vient de prendre une volée de directs du droit d'Appolo Creed. Personne n'aurait pu résister à cet enchaînement de coups d'une violence inouïe. Il est allé au tapis... Creed pensait avoir encore gagné un match par K-O... Il se retourne... Il n'y croit pas... Rocky se jette sur lui. OUI ! Direct du gauche, direct du droit, uppercut ! C'est extraaaaaaordinaiiiiiiiiiiiiiire ! Appolo met un genou à terre. L'arbitre le compte ! 1... 2... 3... 4... 5... 6... 7... 8... 9... 10 !!! Rocky Balboa est le nouveau champion du monde ! Quelle revanche ! Quel retour ! L'étalon italien est un *comeback kid*. »

*I AM BACK.*

« *I ain't going down no more* », chère anonyme.

J'ai récupéré près de 40 000 en deux jours. Et toutes mes positions vont dans le bon sens. Il ne manque plus que l'effondrement du pétrole pour faire de moi le... roi du pétrole.

C'est ça qui m'excite, dans le trading. Un grand creux dans l'estomac dans la descente, et puis la montée vers le ciel, la trouille, le délire... Space mountain, mais en vrai, sans garde-fou.

Autrement dit, de l'irrationnel, encore de l'irrationnel. Pourtant, on s'évertue à réduire au maximum la part de psychologie dans les choix. À tel point que certains fonds spéculatifs interviennent uniquement sur la base de modèles. Un logiciel de trading qui éviterait, effacerait les réactions émotives... le rêve plane sur les salles de marchés. On invente un système, il engendre pendant un ou deux ans des profits spectaculaires et, quand il explose en vol avec des pertes fracassantes, on ne remet pas en question le principe – remplacer l'homme par la machine –, mais la configuration du système, et de nouveaux logiciels émergent ailleurs, qu'on dit capables d'éliminer les erreurs des précédents. Ils fonctionnent à leur tour un ou deux ans avant d'exploser, et ça continue, encore et encore...

La machine est utile. Mais, sur la durée, les traders géniaux sont ceux qui se fient en fin de compte à leur jugement. Une conviction fondée surtout sur leur expérience et leur compréhension de la psychologie des marchés.

Ce n'est pas pour rien que le vocabulaire employé pour décrire la situation des marchés financiers est emprunté le plus souvent à la psychologie : « La Bourse est déprimée » ; « La Bourse est euphorique » ; « La Bourse est en proie au doute » ; « La Bourse se remet en question ». Alan Greenspan, président de la Banque centrale américaine, la FED, dénonce en décembre 1996 l'« exubérance irrationnelle » des marchés d'actions. Dans ce référentiel, le krach est une dépression nerveuse, la bulle une euphorie pathologique.

Le trading, vaste maison de fous.

Des spécialistes se sont lancés dans cette nouvelle voie d'analyse des marchés ; cela s'appelle la finance comportementale. Je suis un adepte de la finance comportementale. Notamment de l'étude des consensus. Avec un postulat : tôt ou tard, le consensus a tort. L'art consiste à dater le tôt et le tard. Comme on l'a vu.

## Samedi 26 avril

Réveil au Normandy. Deauville.

Une chambre face à la mer. Pas une suite. Une chambre. La note de l'Eden Roc a calmé mes ardeurs.

J'avais besoin de sortir de Paris, mais pas envie de prendre l'avion. Et pas les moyens de flamber.

Deauville c'est pratique. Le XXI^e^ arrondissement de Paris. La campagne pour ceux qui détestent la campagne. La mer pour ceux qui n'ont pas le courage d'aller dans le Sud. La province pour ceux qui se shootent aux gaz d'échappement. Si l'air de la mer devient trop puissant, on peut toujours se réfugier chez Ralph Lauren.

J'ai emporté avec moi mon book dans lequel je conserve les articles écrits sur moi pendant mes années de gloire, comme une vieille star nostalgique, façon *Boulevard du Crépuscule*.

J'ai été sacré « Golden Boy de la place de Paris » par la presse en 1987. En octobre 1987, exactement. Quelques jours après le krach d'octobre 1987. J'avais vingt-sept ans. Un journaliste avait découvert que je tenais un journal quotidien ouvert à tous sur un réseau informatique de marchés, un blog de l'époque.

Dans ce journal, à partir du mois d'août 1987, j'ai affirmé que nous courions à la catastrophe. Le lundi 19 octobre, le Dow Jones perdait 22,6 % de sa valeur, pulvérisant le sombre record du Black Thursday – le jeudi 24 octobre 1929.

J'ai eu droit à une pleine page dans son News avec ma photo (je ne sais pas, quand je vois ma tête de l'époque, si c'était une bonne idée). Le titre de l'article : « JOURNAL DE CRISE D'UN TRADER. La star de la banque d'affaires Birnbaum Brothers avait tout prévu. Tout analysé dans son journal de bord. Voici les extraits les plus prémonitoires. » J'étais une star.

J'ai eu droit à la télévision, à la radio, à tous les autres journaux. Un quotidien publiait un article intitulé : « Trois portraits en or massif. » « L'un des hommes chocs de la place parisienne. À vingt-sept ans, ce golden boy en or massif élabore et vend des produits sophistiqués. Grand, brun, cet homme jeune au visage mangé par d'immenses lunettes cerclées d'écaille n'a pas de temps à perdre. Nerveux, rapide, il sait à merveille cacher une sensibilité aiguë sous des airs tranchants. Mais malheur à ceux qu'il n'estime pas ! Ses formules lapidaires ne laissent guère de chances à ses cibles. »

Tourbillon médiatique et explosion de mes bonus. Je ne savais même plus ce que je gagnais. Je travaillais avec des chiffres virtuels toute la journée, ma rémunération aussi devenait virtuelle. Après avoir vécu cinq ans dans une chambre de bonne avenue Foch, j'ai acheté mon premier appartement, sans crédit, dans le très chic quartier de Neuilly-Saint-James. Le petit garçon habillé par les services sociaux de la mairie de Montreuil habitait Neuilly-Saint-James. Du 9-3 au 9-2 direct, pas mal non ? En un an, j'ai acheté cet appartement, un appartement dans la plus belle résidence de Cannes avec une vue sur mer à couper le souffle, une voiture de sport pour Paris, un cabriolet sur la Côte, et il me restait encore beaucoup d'argent !... Peu de temps après, déménagement avenue Georges-Mandel et maison à Saint-Tropez.

Alors je suis devenu un gros con. Jeune, mince mais un gros con quand même. Une tête qui ne passait plus les portes. Un pourboire royal pour chaque « Bonjour, monsieur Ventura ». Plus le ton était obséquieux, plus le pourboire était gros.

Saint-Tropez, bien sûr. Les soirées sur les bateaux que je louais, face à Sénéquier. Avec des centaines de ploucs massés sur le quai. « C'est qui ? C'est le bateau de Johnny, il paraît. Mais non. C'est celui de Madonna... Bien sûr que non, c'est un mec de la mafia. » Non, crétins, c'est moi ! Sam Ventura, le gros con de service.

Pourtant, si c'était à refaire, je recommencerais, tout pareil.

J'étais Aladin ; j'avais frotté la lampe et mes vœux étaient exaucés. Je me réveillais chaque matin en me demandant si le bon génie n'avait pas disparu. Mais je frottais et il était là.

C'est moi qui me suis lassé. Au bout de trois ou quatre ans. Les années 1980 se terminaient, et la période changeait. Les golden boys devenaient ringards. Cela tombait bien. Le rôle ne m'amusait plus autant.

Après plusieurs années de relations sentimentales courtes mais intenses, je devenais un golden man. Peu de femmes. Juste une ou deux. Une, surtout. J'ai bien moins réussi, et quand j'y repense, ce sont mes années de golden boy que je regrette.

## Lundi 28 avril
## 103 600 euros

Euro/$ : 1,5660. Or : 892 $. Pétrole : 119,53 $.
Le CAC ouvre à 4 968.

Deauville ne m'a pas fait de bien. Je voulais me ressourcer, mais j'ai repassé le film en boucle. Les rues sont pleines d'elle, là-bas. Je marchais sur ses pas. Miocque, son restau préféré, le Régine's pour les soirées arrosées, et ces boutiques qu'elle pillait : Sergio Rossi, Hermès, Chanel, Gucci. Personne ne savait dilapider des fortunes comme elle, en quelques minutes... Golden Man et Diamond Girl. Lui Porsche, elle Ferrari.

Retour à l'écran. Je perds 34 000 euros rien que sur la position pétrole.

Chaque fois que je pense que la hausse plafonne, elle repart. Cette position me bloque, elle m'empêche de réfléchir et je n'arrive pas à me décider à prendre ma perte. Je n'ai pas envie de doubler ma position non plus. Ce serait trop dangereux.

## Mardi 29 avril
## 114 900 euros

Euro/$ : 1,5560. Or : 886 $. Pétrole : 118,20 $.
Le CAC ouvre à 4 972.

Pluie et pluie et pluie.

Y a plus de saisons. On se foutait de la gueule des concierges, mais elles avaient raison ; elles avaient prévu le réchauffement climatique avant tout le monde. Je croise la mienne tous les matins. Je me demande si je ne vais pas arrêter de lui dire bonjour. Ça m'emmerde. Pourquoi s'emmerder ?

Dans l'ascenseur du bureau, même bordel. Je ne sais jamais ce que je dois dire à ceux qui montent et qui descendent avec moi. Bonjour, au revoir, bonne journée, bon après-midi, bonsoir. Je ne dirai plus rien. Ils penseront : « C'est un sale con. » Tant pis. Je suis un sale con.

J'allume mon ordinateur sans illusion.

Toujours le pétrole qui me plombe. Le reste se passe bien. Très bien pour l'euro, bien pour l'or, et la courbe commence à se retourner pour le CAC.

Je n'ai pas envie de toucher mes positions car je suis convaincu que ces trois positions ont encore un beau potentiel de gain. Et que le pétrole va chuter... Il n'y a que les idiots qui ne changent pas d'avis.

Je préfère ne pas me réjouir trop tôt. Je risque de me porter malheur. Moi aussi, je suis superstitieux. Tous les traders sont superstitieux. Ils se foutent des chats noirs et des échelles (il y en a partout, dans les salles de marchés, surtout en période d'euphorie, pour les travaux de rénovation), et ils ne sont pas fétichistes, même si ça arrive qu'on garde avec amour la vieille paire de chaussures portée le jour où le chiffre du chômage américain nous a fait cartonner.

Les superstitions sont plutôt dans les marchés. Il y a les salutaires et les maudits. J'ai toujours perdu sur le pétrole... je viens de m'en rendre compte. J'aurais dû y penser avant de prendre cette position. J'ai toujours gagné sur le CAC et l'euro. J'ai pris des bouillons magistraux sur les matières premières alimentaires, notamment sur le jus d'orange – qui a pourtant fait la fortune d'Eddie Murphy et de Dan Ackroyd dans *Un fauteuil pour deux* (très instructif sur le trading à la criée). Je suis assez nul sur certaines actions françaises, et j'ai toujours gagné sur d'autres. Areva est mon chouchou et, par pure superstition, j'en ai toujours en portefeuille.

Les chiffres, aussi, ont un sens. Pendant toute ma carrière, j'ai essayé d'avoir des tailles de positions dans lesquelles apparaissait le chiffre 8 : 80 millions de dollars, 80 contrats CAC, 8 millions d'euros d'actions Suez, etc. Je suis né un 8 novembre. C'est le *lucky number* des Chinois, et les Chinois m'ont toujours impressionné.

## Mercredi 30 avril
## 129 500 euros

Euro/$ : 1,5540. Or : 866 $. Pétrole : 115,30 $.
Le CAC ouvre à 4 930.

Je repasse enfin positif. Le pétrole a bien décroché hier. Mais je reste, par superstition toujours, très prudent. Tout peut encore se produire. En plus, les marchés vont tourner au ralenti à partir de ce soir. Demain, c'est le 1er mai et l'Ascension. Vendredi, la France fait le pont. Tout peut arriver.

Je pense que je vais prendre mon profit sur l'or. J'ai trop souffert d'avoir des pertes sur toutes les positions. Je rachète mes cinq contrats à 866 dollars. Me voici avec un gain net de 129 500 euros.

La semaine prochaine, si je récupère un peu d'argent encore sur le pétrole, je vais probablement m'attaquer au marché des actions. Il y a des coups à faire sur quelques valeurs. En attendant, je fais un break. Éviter de venir au bureau pendant le pont du 1er mai. Je risquerais d'être arrêté pour incitation au travail. Je pars en Corse. Domaine de Sperone. Chic pas clinquant. Invité chez Sunee et son mari. Je vais lui dire, maintenant que je suis en hausse de 30 %, que je spécule avec l'argent qu'elle m'a prêté. J'espère qu'elle ne va pas s'évanouir.

J'adore aller chez Sunee. Chaleur humaine, sérénité... Impossible d'imaginer qu'elle a fait un jour trembler les banques centrales et les gouvernements en spéculant contre leurs devises. En avril 1987, la presse la décrivait ainsi : « À vingt-deux ans, cette ravissante Thaïlandaise autodidacte est le meilleur trader de Paris. Cette perle noire de la profession est promise à un avenir des plus brillants. » La presse ne se trompait pas, mais l'aurait-elle imaginée en mère poule, courant toute la journée après ses enfants avec une bouteille d'eau de peur qu'ils se déshydratent ou installée pendant des heures au-dessus de ses fourneaux pour mitonner des plats délicieux ?

Le temps est superbe. Les maisons en bois de Sperone sont sublimes de luxe discret. Les transats moelleux à souhait sont des incitations permanentes à la paresse et à la confidence. On se raconte le bon vieux temps, les sueurs froides, les bourdes, les délires. À elle qui a raccroché, je peux demander :

— Ton meilleur souvenir de trading, c'est quoi ?

Elle ne répond pas tout de suite... Elle cligne des yeux comme chaque fois qu'elle réfléchit. Puis elle sourit ; on dirait un chat qui se pourlèche après avoir croqué une souris.

— Notre sauvetage patriotique du franc en 1995, bien sûr ! J'attends toujours notre Légion d'honneur.

— Et ton plus mauvais souvenir de trading ?

— Septembre 2001. Tu te rappelles ? Difficile de spéculer, alors. On avait dans les yeux toutes ces petites silhouettes noires qui tombaient dans le vide. Nous étions moralement détruits et professionnellement paralysés. Bien sûr que la Bourse baissait au fur et à mesure que le drame se déroulait. J'aurais pu gagner une fortune en misant sur la baisse, mais je ne me voyais pas gagner de l'argent sur les cadavres calcinés dans les ruines des salles de marchés des Twin Towers.

## Lundi 5 mai
## 133 900 euros

Euro/$ : 1,5460. Or : 862 $. Pétrole : 116,50 $.
Le CAC ouvre à 5 014.

Ce soir, j'aurai un million d'euros sur mon compte. Sans compter mes gains. J'ai bien fait de partir voir Sunee.

Paris était désert et les marchés ont peu bougé. Le CAC est monté et est repassé au-dessus des 5 000, ce qui fait bien mon affaire. Le pétrole a baissé pendant mon absence puis s'est à nouveau apprécié. L'événement majeur a été la publication des chiffres du chômage américain. Alors que les analystes anticipaient une détérioration significative des conditions de l'emploi confirmant une profonde récession américaine, les chiffres n'ont été « que » médiocres.

Du coup, certains prévisionnistes se prennent à rêver. Ce serait la fin de la crise. Les États-Unis échapperaient à la récession avant d'y entrer. Tout cela est très classique. Après la « fin du monde » d'il y a un mois, nous voici entrés dans une phase d'optimisme. Petit à petit, le consensus va devenir positif. Je vais attendre un peu. Quand le consensus sera à l'optimisme béat, je solderai ma position sur le CAC.

En attendant, suivant la règle de prudence que je m'impose depuis le début, je vais prendre mon profit sur l'euro. Je solde à 1,5460. Il ne me reste plus que deux positions « ouvertes » sur le CAC, sur lequel je gagne 4 600 euros ce matin et le pétrole sur lequel je perds encore 25 200 euros.

Mais j'ai mon million surprise. Un million d'argent frais, rien que pour trader.

J'ai tout avoué à Sunee. Les lettres anonymes, mais aussi que ses 100 000 euros n'étaient pas destinés à un achat immobilier. Elle m'a hurlé dessus. Elle m'en voulait à mort. Pas de lui avoir menti. De ne pas l'avoir mise dans le coup. Surtout quand elle a su que mes gains étaient de 30 % en un mois. Je lui ai proposé de trader avec moi sur le compte. Elle a refusé. Pour elle, le trading, c'est du passé et elle tient à conserver le petit pactole qu'elle a mis de côté. Mais elle a fait « une proposition que je ne pouvais pas refuser... ».

Elle me transfère un million d'euros sur le compte de trading. Nous partageons 50 % des profits, elle prend toutes les pertes. En revanche... le partage des 50 % est rétroactif. C'est-à-dire qu'elle a déjà gagné la moitié des 33 500 euros que j'ai engrangés. C'est un excellent deal pour moi. 50 % des profits et 0 % de pertes, cela vaut la peine d'abandonner la moitié de 33 500 euros. La confiance de Sunee me donne des ailes. Mais je ne peux pas accepter. Il n'est pas question pour moi de prendre les gains sans prendre les pertes. Si on gagne, on gagne ensemble, si on perd, on perd ensemble. C'est à prendre ou à laisser. Elle a pris. Et donné des instructions de transfert ; ce soir, il y aura 1 133 500 euros sur le compte... avec seulement deux positions.

Je dois être plus actif. Réajuster la taille de mes positions, qui deviennent dix fois trop petites pour la taille du compte. On verra demain.

Avec plus d'un million d'euros, je ne rentre pas encore dans le cercle des grands joueurs mais je quitte la salle des machines à sous ! En route pour de nouvelles aventures...

Je me sens plus riche déjà. Aujourd'hui, je visite des appartements. Des trucs horribles et chers. Il est temps que l'immobilier baisse à Paris. L'agent immobilier m'a parlé d'un trois-pièces sympa boulevard Saint-Germain. Pourquoi pas ? Je m'étais fixé le triangle Neuilly-Auteuil-Passy, mais ce serait peut-être amusant pour un ex-parvenu d'aller emmerder les bobos sur leur territoire. Genre Daniel Balavoine dans *Starmania* : « Quand on arrive en ville... »

Je le visiterai demain. S'il me plaît je le prends. Je pourrais jouer aux intellos. Petit déj' au Flore. Déj' au Flore en attendant *Le Monde*. Thé au Flore. Dîner au Flore. Un bloc et un stylo pour donner l'impression de prendre des notes sur des sujets importants. Non. Je n'y arriverai pas. Ce n'est pas pour moi. Je reste dans mon ghetto de parvenu.

## Mardi 6 mai
## 1 117 100 euros

Euro/$ : 1,5520. Or : 872 $. Pétrole : 119,85 $.
Le CAC ouvre à 5 014.

Ce pétrole me rend dingue. Hystérique. Il n'en finit pas de monter. Hier, il a encore battu son record en dépassant les 120 dollars.

120 dollars et personne ne bouge. En France, des millions de voitures reviennent du week-end du 1er Mai et s'apprêtent à repartir pour le superpont du 8 Mai et de la Pentecôte (cinq jours fériés de suite !). Le gouvernement a baissé les bras, estimant que la hausse de l'essence est une fatalité. Toutes les matières premières explosent. La flambée des denrées alimentaires provoque des émeutes de la faim dans des pays qu'on croyait sur le point d'émerger et qui risquent fort de couler.

Je suis révolté par l'apathie générale. Cette hausse des matières premières est purement spéculative, or il existe des dizaines de moyens de briser la spéculation (curieuse parole, de ma part : « Que fait la police ? » demande le braqueur de banque doublé par un concurrent). Nous sommes en train de créer les conditions de la prochaine crise financière. J'en suis sûr. D'ailleurs, je vais solder mes positions sur le CAC – avec un pétrole à ce niveau, il ne peut que rebaisser. Je revends mes cinq contrats CAC à 5 014. Petit gain de 4 600 euros. Me voilà avec 159 100 euros de cash avec les positions clôturées et cette merde de position pétrole ouverte qui me fait perdre 31 300 euros.

Me voici donc avec un compte de 1 117 100 euros et une seule position sur le pétrole. Une vente de cinq contrats à 108,70 qui perd 31 300 euros. Avec ce pétrole qui flambe, je n'ai pas l'esprit suffisamment clair pour prendre de nouvelles positions. Je me laisse une journée de réflexion.

## Mercredi 7 mai
## 1 117 100 euros

Euro/$ : 1,5480. Or : 875 $. Pétrole : 121,75 $.
Le CAC ouvre à 5 032.

Une vraie envolée sur le pétrole hier provoquée par un analyste célèbre de la banque d'affaires Goldman-Sachs qui prédit un baril à 200 dollars dans les semaines qui viennent.

Je dois prendre des décisions aujourd'hui. D'abord parce que n'avoir qu'une seule position est contraire à toutes les règles de trading. En effet, il est essentiel d'avoir plusieurs positions pour répartir les risques. Avoir une seule position, c'est mettre toute la mise sur un seul numéro, à la roulette. La prudence conseille d'avoir plusieurs positions qui ne sont pas toutes corrélées. C'est-à-dire qui n'évoluent pas de la même façon. Si j'ai une position sur le pétrole et une position sur l'or, je peux avoir le sentiment d'avoir deux positions, mais c'est illusoire. Si le pétrole baisse, l'or baissera et vice versa. J'ai donc amplifié mon risque au lieu de le répartir.

D'autre part, la taille de ma position sur le pétrole n'est plus adaptée à la valeur de mon compte. Mes cinq contrats correspondaient à une mise de fonds d'environ un quart de mes 100 000 euros. Avec plus d'un million d'euros, je dois risquer plus gros.

Première décision : je continue à jouer la baisse du pétrole. Je n'ai pas envie de jeter l'éponge maintenant. Est-ce de l'entêtement ? Je n'arrive toujours pas à croire que le pétrole puisse continuer à flamber avec une économie mondiale qui se ralentit. Je vais donc augmenter ma position en proportion de la taille de mon portefeuille. Je vais juste attendre encore quelques jours, de voir si le délire à la hausse continue.

Je vais également tenter un coup sur le CAC. L'ambiance a changé depuis quelques jours. Malgré les annonces de pertes et les recapitalisations à répétition des banques, malgré la flambée du pétrole et des matières premières alimentaires, malgré les signes de ralentissement économique mondial, il règne un certain optimisme sur les marchés. Le CAC a rebondi de près de 15 % par rapport à son plus bas niveau de l'année et le Dow Jones, on le sait moins, n'est finalement qu'à 9 %, 9 tout petits pour cent de son record historique. Le consensus actuel, c'est que la FED a sauvé le système financier et que les États-Unis vont finalement échapper à une récession. Et on a vite oublié qu'il y a quelques semaines, tous les stratèges annonçaient la fin du monde.

Je suis sceptique. J'étais de ceux qui prévoyaient un rebond du CAC quand nous étions en dessous de 4 800, un rebond vers 5 000 voire 5 200. Mais un rebond technique, rien d'autre. Le danger est de se laisser endormir par le consensus du moment. La première phase de la crise financière est terminée, nous entrons dans une crise économique dont les effets ne sont pas encore connus. Je vais donc vendre cinquante contrats CAC à 5 032. L'élément positif c'est que je rentre dans la course avec des vraies tailles de position. Je suis passé d'un club de national à la ligue 2...

Bizarrement, depuis que le million m'est tombé dessus, mon corbeau se tait. On dirait qu'il connaît tout de mon compte. Il ou elle ?

## Jeudi 8 mai
## Jour férié

Les marchés sont ouverts mais je ne suis pas allé au bureau. Peut-être la crainte de réveiller le corbeau...

J'ai demandé à Thomas de m'envoyer les cours par SMS à intervalles réguliers. Moi, je m'offre une journée « air du temps ». Ça ressemble à de la glande, mais ça n'en est pas. C'est une enquête mine de rien sur la vie quotidienne. Un maître de Wall Street, Peter Lynch, prétendait que les meilleures idées d'investissement n'étaient pas dans les études des analystes, mais dans la rue. Dans l'air du temps.

On se promène, on observe et on en déduit quelles actions il faut acheter... Le jeu est amusant. J'y jouais souvent, pendant les premières années de ma carrière.

Balade en moto tôt le matin. Premier café chez Carette. Comme d'habitude. Deuxième café en territoire ennemi, la rive gauche. Terrasse du Flore. Soleil timide. Quelques clients. Un prix Goncourt ; un éditorialiste fameux caché derrière un *Libé* grand ouvert ; une actrice intello. Je dois reconnaître que les serveurs sont sympas. C'est rare, à Paris. Re-moto.

Pour l'instant, rien à signaler. Paris est vide. Paris est en RTT. Mais tout le monde le sait, donc trop tard pour jouer ce thème en investissant sur les sociétés du secteur du voyage. D'autant qu'avec la hausse des carburants le tourisme va se casser la figure. Je note « ne pas toucher au secteur du tourisme ». Je remonte la rue des Saints-Pères, prends la rue de Sèvres, descends la rue du Bac... Les boutiques sont ouvertes, mais vides. Je note : « Ne pas acheter de valeurs dans le textile ni dans la distribution non alimentaire pour les deux ans qui viennent. » Rue de Rivoli embouteillée, tout de même. Encore des boutiques vides. Une nuée de scooters dans les rues. « Regarder si Piaggio est coté. Idée d'investissement, surtout avec hausse de l'essence. » Escale pour le déjeuner rue des Rosiers. Petit (pas si petit que cela, d'ailleurs) sandwich chez l'As du Falalel. Une queue de trente personnes mais cinq serveurs qui travaillent à la vitesse de l'éclair, et me voilà servi en moins de trois minutes. « Dommage, l'As du Falafel n'est pas coté en Bourse. » Trois taches d'huile sur le carnet où je griffonne. Trois autres sur mes pieds. Heureusement, j'ai mis les vieilles santiags qui vont avec la Harley. Direction place de la Nation. Le Printemps est ouvert. J'arrête la moto. Un tour rapide entre les rayons. Pas grand monde. Beaucoup de voyeurs, peu d'acheteurs, tous stands confondus. « Je confirme : c'est vraiment la merde dans la distribution non alimentaire. » Le Picard, à côté, est bourré ; un coup d'œil dans les caddies ; d'énormes sacs de légumes variés. « Picard : décidément, excellente affaire. Dommage qu'elle ait été déjà revendue trois ou quatre fois entre fonds ; intouchable. »

Zoo de Vincennes. Dans le bois, des milliers de personnes pique-niquent. Ambiance sandwich-saucisson-baisse du pouvoir d'achat. Sauf acheter des parts chez un fabricant de nappes à carreaux, aucune idée à tirer... Aucune ? Vraiment ? Pas si vite... Il y a un truc amusant. Les adultes jouent au foot mais les gosses, eux, sont tous penchés sur leurs consoles de jeux. Garçons et filles, sans distinction. À creuser.

Direction Fnac et Virgin, Champs-Élysées. Rayon jeux vidéo. Bingo ! Un monde fou sur le stand de démonstration de la WII Nintendo. Les filles s'intéressent à la WII Fit, accessoire et jeu pour la gym à la maison. Les mecs sont agglutinés autour de blondes pulpeuses qui proposent une démonstration de Guitar Hero, jeu de guitare simplifiée. Beaucoup de jeunes et de moins jeunes autour des jeux de mémoire pour la console portable DS de Nintendo.

J'ai mon idée. « Regarder évolution du cours de Nintendo. Acheter à un prix raisonnable. Et si je n'arrive pas après la bataille, acheter Ubisoft, groupe leader français de logiciels de jeux sur consoles de jeux, en particulier sur les consoles Nintendo. Si cours bas. » Je rentre satisfait. J'ai l'impression d'être le flic à la fin d'un thriller, quand il trouve le nom du coupable. La finance, c'est tout con. Je ne comprends pas pourquoi les financiers se donnent des grands airs, ou plutôt je comprends trop bien pourquoi. Ils compliquent sciemment la chose pour continuer à arnaquer en toute impunité. Merde. Je crache encore dans la soupe.

Mon portable vibre. Un SMS de Thomas : « nouveau record pour le pétrole ». *Fuck* et *fuck*.

Retour à mon studio. Je me fais toutes les infos sur toutes les chaînes.

J'ouvre deux boîtes de thon sauce catalane. Quatre tranches de pain complet. Deux pommes vertes. Je réattaque le début de *West Side Story*. Je vais essayer de pleurer un peu, mais ce n'est pas gagné.

## Vendredi 9 mai
## 1 138 900 euros

Euro/$ : 1,5420. Or : 882 $. Pétrole : 124,60 $.
Le CAC ouvre à 4 970.

Quand j'ai du mal à me lever, je pense à Michael Milken. La légende dit qu'il se rendait tous les jours à son bureau à 5 h 30 en métro et qu'il profitait du trajet pour étudier en s'éclairant d'une lampe de mineur attachée à sa casquette.

Michael Milken est mon père spirituel dans la finance. Le problème c'est qu'il ne m'a jamais reconnu. Il ne m'a même jamais connu. Milken est *la* personnalité de la finance des années 1980. La plus admirée et la plus décriée. Dieu de la Finance pour des jeunes financiers de l'époque comme moi, roi des voleurs pour les autres. *Den of thieves* (*Roi des voleurs* dans la version française) est le titre d'un livre qui lui a été consacré par un rédacteur en chef du *Wall Street Journal*. Une sorte de Bill Gates financier qui a fini par déraper avant de revenir dans le droit chemin. Milken a démarré comme junior dans une banque d'affaires très WASP – *White Anglo-Saxon Protestant*. En analysant des millions de données sur les faillites d'entreprises, il a découvert des anomalies de marchés qui lui ont donné l'idée des High Yield Bonds, obligations à haut rendement, encore appelées *junk bonds*, obligations pourries.

Il s'agissait de permettre à des entrepreneurs peu connus d'emprunter de l'argent à des taux élevés, argent qu'ils utilisaient pour faire des acquisitions retentissantes, souvent des OPA hostiles. Ces entrepreneurs, appelés *raiders*, remboursaient leurs dettes en dépeçant ou en rationalisant souvent brutalement les sociétés achetées. Au passage, la banque conseil dans laquelle travaillait Milken, Drexel Burnham Lambert, empochait des commissions énormes dont Milken touchait entre 20 et 35 % à titre personnel. En 1987, Milken a fait la une de tous les journaux avec son salaire annuel supérieur à 500 millions de dollars ; du jamais-vu, à l'époque.

Un procureur s'est alors intéressé de près aux transactions de Milken. Il l'a pisté pendant trois ans avant de le faire inculper et condamner pour délit d'initié. Milken a fait un an de prison et payé une amende d'un milliard de dollars (il lui restait un autre milliard de dollars tout de même à sa sortie de prison). La banque Drexel Burnham Lambert s'est mise en faillite. Le procureur, qui a tiré une renommée justifiée de l'affaire, s'appelait... Rudolph Giuliani. Devenu, grâce à son combat victorieux contre un financier qu'on pensait intouchable, gouverneur de New York, il s'illustrera par son courage et son sang-froid le 11 septembre 2001. Je l'ai haï, en 1989, quand il a fait condamner mon idole sur des charges jamais prouvées. Je l'ai admiré le 11 septembre. Je ne t'en veux plus, Rudy.

Vingt ans après, le marché créé par Milken est toujours un des plus importants dans le monde.

Milken se levait à 5 h 30 et il est devenu milliardaire. Je me lève à 6 h 30 mais je n'arrive pas à gagner de l'argent. Si j'avançais mon réveil d'une heure ?

Aujourd'hui deux bonnes nouvelles et une mauvaise. La mauvaise, c'est que le pétrole continue à flamber. La bonne, c'est que je n'ai toujours que cinq contrats, et que j'attendais la continuation de la flambée du pétrole pour accroître ma position.

En toute logique, si j'avais cinq contrats pour 100 000 euros de compte initial, je devrais en avoir environ dix fois plus pour plus d'1 million d'euros, mais je préfère ne pas faire tapis tout de suite. Je vais augmenter progressivement la mise pour profiter éventuellement d'une continuation de la hausse du pétrole. Je vais monter à vingt-cinq contrats.

Quand on augmente une position sur laquelle on perd, cela s'appelle moyenner. Je suis vendeur (on dit « short ») de cinq contrats à 108,70 dollars. Je vends maintenant vingt autres contrats, à 124,60. Cela veut dire que je suis short de cinq contrats à 108,70 et de vingt contrats à 124,60. Je suis donc short de vingt-cinq contrats à (5 × 108,70 + 20 × 124,60) / 25, soit vingt-cinq contrats à 121,42. C'est ça, « moyenner » : être vendeur à un meilleur cours (124,60 au lieu de 108,70) mais pour une quantité beaucoup plus importante et donc pour un risque beaucoup plus élevé. C'est le danger de la pratique. Moyenner est une technique qu'on peut utiliser une ou deux fois, mais il ne faut pas oublier qu'elle est à l'origine des plus grandes faillites. Plus vous avez tort, plus vous augmentez la taille de vos positions ; si, en fin de compte, vous avez une position énorme et que vous continuez à avoir tort, là, vous explosez !

Pour l'instant, je ne suis pas dans ce cas de figure. Je devais augmenter la taille de ma position en fonction de la taille de mon compte.

L'autre bonne nouvelle c'est que la hausse du pétrole commence à peser sur le CAC, et que le CAC a un peu glissé. Et je suis short de CAC.

Pour l'instant je ne fais rien d'autre. Mais j'ai intérêt à ce que le pétrole rebaisse. Sinon, je passe de L2 au banc de touche...

Les marchés financiers sont manipulés. Toujours. Parfois en toute légalité. Parfois en toute illégalité. Je le sais. Je l'ai vu. Devant mes yeux. Les chances pour un non-professionnel de gagner de l'argent en Bourse ou sur les autres marchés sont inférieures à celles de gagner l'EuroMillion. Les moutons d'un côté, les ours et les taureaux de l'autre. Et aujourd'hui ce n'est plus une impression, c'est une certitude : le marché du pétrole est manipulé ! Et moi je suis le pigeon de service. Comment ne m'en suis-je pas rendu compte avant ?

Il faut que j'enquête. Il faut que je comprenne. Il faut que je m'en sorte. C'est une question de vie ou de mort.

Depuis cette révélation, je suis pris d'une excitation toute nouvelle. Je ne pense plus qu'à cela.

## Samedi 10 mai

J'ai oublié de baisser les volets. Le soleil me réveille. Impression agréable. J'ouvre la fenêtre. Malgré l'heure, il n'est même pas 6 heures, il fait chaud. Le week-end s'annonce splendide. Paris est plus désert que jamais : il y a ceux qui font le pont du 8 mai, ceux qui font l'aqueduc depuis le pont du 1er mai et ceux qui glandent depuis le 1er janvier.

J'appelle le Normandy, à Deauville. Complet. Archicomplet. La fille de permanence, les réservations sont fermées à cette heure-ci, me dit que la ville est noire de monde depuis jeudi, que les plages sont plus remplies qu'un 14 Juillet et que les gens se baignent.

Je reste à Paris. Je vais en profiter pour faire du sport.

Je suis un ancien gros. J'ai pris un kilo par an après mon mariage. Strictement de ma faute puisque ma femme ne cuisinait pas. Restau, avion, restau, voiture. Je détestais le sport et ceux qui le pratiquaient. Avec une haine toute particulière pour les obsessionnels du jogging. Curieusement, le chiffre, sur la balance, suivait celui du calendrier : en 1990, 90 kilos, en 1991, 91 kilos... Et ce qui devait arriver arriva. En 2006, 106 kilos pour 1,86 mètre. Visite chez le médecin pour test d'effort.

— Attention, monsieur Ventura, entre le stress et l'obésité, vous allez droit à l'infarctus.

Ce n'est pas l'infarctus qui m'a effrayé (mourir d'une crise cardiaque, le rêve !), mais l'obésité. Il m'avait traité d'obèse comme si c'était une évidence. Loser, passe encore. Loser obèse, c'était trop.

Je me suis précipité dans une librairie et j'ai acheté tous les livres disponibles ou presque sur les régimes. Je me suis enfermé tout un week-end chez moi pour faire ma synthèse personnelle. Régime sans graisses, régime sans sucres, régime hypocalorique, régime dissocié, régime tout ananas, régime pâtes, régime sucettes de Britney Spears, régime catogan de Karl Lagerfeld, régime coke de Amy Winehouse, régime jeûne total... j'ai vite compris qu'il n'y avait qu'un seul régime qui fonctionnait : manger moins. C'est ce que j'ai fait. J'ai perdu dix kilos en trois mois. J'ai repris trois kilos en trois jours. Étape suivante, le coach, comme tous les pipols. Bonne pioche. Un mec top. Il m'a converti au jogging.

Dix minutes d'abord et l'impression de mourir. Vingt minutes ensuite et l'envie de me suicider. Trente minutes et l'envie de le tuer. Quarante minutes et le sentiment de respirer. Cinquante minutes et la femme de Rocky en ligne de mire. Soixante minutes et la délivrance.

Depuis, je cours tous les jours. Et j'ai perdu vingt kilos.

Je devrais peut-être écrire un guide : *Comment perdre vingt kilos en un an*, mais je n'ai pas envie de finir comme Paul-Loup Sulitzer, en bas d'un escalier avec un faux mannequin polonais ou russe.

Par contre j'écrirais bien *Comment gagner un*

*million en un an*. Mon régime de trader, en quelque sorte.

Il y a des dizaines de guides de trading publiés en français et des milliers en anglais. *Les Vingt Règles d'or*, *Les Dix Commandements*, *Les Trente Tuyaux*, *Ali Baba et les quarante valeurs*... Ils ont tous le même défaut que les livres de régimes. Ils commencent par expliquer qu'un régime doit être personnalisé parce que vous êtes unique, et finissent tous sur le même menu : poisson blanc épinards et fromage blanc allégé pour tout le monde.

Je me souviens de la réflexion d'un de mes patrons américains quand je lui avais dit, dans ma phase golden boy, que je voulais écrire un livre de recettes de trading à destination des Français (j'étais très humble à l'époque) : « De deux choses l'une. Soit tu as de bonnes techniques de trading et, dans ce cas, tu les appliques et tu deviens milliardaire, soit tu ne les as pas et tu fais croire aux gens que tu les as, tu deviens millionnaire, mais en fait tu es un escroc. »

Tout en délicatesse, les Américains.

Suite à cette conversation, je me suis tout de même informé. Aucun des auteurs de ces guides n'a fait fortune grâce au trading. Pas très rassurant, non ? Et pourtant les livres se vendent comme des petits pains... de régime.

Le trading, en effet, c'est comme le régime : très personnel. Il y a quelques règles de base à respecter, mais après, à chacun de jouer sa partition.

Un autre point commun : pour maigrir, il faut ne manger que du poisson vapeur et des épinards, mais personne n'a ce courage. Pour gagner sur les marchés, il faut être en contrôle permanent, mais qui y parvient ? Une poignée de magiciens. Et encore...

Voilà comment débuterait mon livre :

— Supprimez le sucre. En équivalent trading, cela veut dire : évitez les produits compliqués, sophistiqués, incompréhensibles. Ils sont lourds à digérer et impossibles à éliminer.

— Évitez les graisses. Quand vous commencez à gagner de l'argent, ne prenez pas de risque inutile par excès de confiance.

— Permettez-vous un écart de temps en temps, mais rattrapez-le dès le lendemain. Vous pouvez miser sur une tendance, faire un coup sans réflexion approfondie du risque, mais alors fixez-vous une limite de perte.

— Mastiquez lentement vos aliments. Construisez lentement vos positions. Ne misez pas tout en un coup sur une seule position.

— Jeûnez pendant un jour, de temps en temps. Acceptez l'idée de ne pas avoir de positions, si vous n'avez aucune idée. Vous n'êtes pas obligé de trader.

— Ne mangez pas entre les repas. Ne jouez que sur vos convictions profondes. Et, entre deux convictions, ne prenez pas de petites positions uniquement pour vous distraire.

— Pesez-vous tous les jours. Évaluez votre portefeuille tous les matins sur la base des cours de clôture ou d'ouverture des marchés.

— Apprenez à bien manger sans devenir un obsessionnel du régime. Les marchés ne sont pas un casino. On spécule, mais on ne joue pas à un jeu de hasard.

— Faites de l'exercice quotidiennement. Tenez-vous au courant de l'actualité. En permanence.

— N'achetez pas de livres de régime. N'achetez pas de livres de conseils de trading.

— Mais achetez le récit des expériences d'un habitué des régimes et des swings. Et offrez-le.

Un guide de trading... Il va falloir que j'y pense. C'est ma première bonne idée depuis quelques années.

En attendant, j'enfile mes pompes de jog dernier cri, ma tenue « technique » achetée chez Planet Jogging, et direction le bois de Boulogne. Dix minutes pour arriver au lac, trois tours du lac (un tour fait 2,760 km très précisément) et retour. En tout une heure à 11 km/h. *Run, Forrest, run...*

## Mardi 13 mai
## 1 187 900 euros

Euro/$ : 1,5465. Or : 867 $. Pétrole : 125,80 $.
Le CAC ouvre à 4 998.

J'arrive à peine à me lever tant mes jambes me font mal.

J'ai l'impression d'avoir passé mon week-end à courir. Je n'avais rien d'autre à faire. Personne à voir. Rien à lire. Pas de films à regarder.

Pas de lettres anonymes. Elles me manquent, je crois bien. Elle me manque. J'aime avoir peur, finalement.

Les écrans clignotent. Du rouge, du rouge, du rouge. Que des baisses.

Je respire un peu, mais rien n'est gagné. J'ai fait un carton sur le CAC. Comme je m'y attendais, le CAC, de concert avec tous les indices boursiers, a chuté sous la pression de la hausse du pétrole. Le pétrole a fait un nouveau record hier, lundi de Pentecôte, férié (encore...) à 126,40 dollars avant de chuter très brutalement sur des prises de bénéfice.

Ma perte sur le pétrole est largement compensée par mon gain sur le CAC. C'est l'intérêt de moyenner. Quand cela va dans le bon sens, on améliore très sensiblement sa position. Si j'avais encore ma position de cinq contrats seulement à 108,70, je serais en perte ouverte de 45 400 euros. Comme j'ai moyenné en vendant vingt contrats plus haut, je n'ai qu'une perte de 22 200. Bien évidemment, si au contraire le pétrole avait continué à grimper, je me serais fait cartonner.

La prudence m'impose de prendre mon bénéfice sur le CAC. 51 000 euros en quelques jours cela ne se refuse pas. Je rachète donc mes CAC à 4 930.

Cash plus positions clôturées : 1 210 100 euros. Et une perte ouverte de 22 200 euros sur le pétrole. Le dollar s'est à nouveau affaibli. L'euro vaut 1,5540. Hier, toujours pendant le week-end de Pentecôte, il avait chuté à 1,5350. Je vais tenter de jouer sur la rechute de l'euro malgré sa remontée nocturne. Je compte sur des réactions purement psychologiques. Les traders sont fatigués de vendre du dollar depuis des mois ; ils ont envie de le voir remonter un peu... pour pouvoir le revendre plus haut !

Je vais donc vendre cinquante contrats d'euros à 1,5540. Me voici avec deux positions, short cinquante euros à 1,5540 et short vingt-cinq pétrole à 121,42. Et j'ai pris 50 000 euros en un week-end prolongé. Vive les week-ends prolongés, vive les RTT, vive le jogging, vive le régime.

En sortant du bureau, je n'ai pas remarqué la Mercedes noire. Une limousine avec chauffeur garée devant des bureaux de banques d'affaires et d'avocats, c'est commun. La plaque « corps diplomatique » aurait pu retenir mon attention, mais j'avoue qu'en ce moment j'ai deux barils de pétrole à la place des yeux.

C'est en me dirigeant vers la moto que j'ai entendu sa voix.

— Sam...

Même après huit ans, je l'aurais reconnue entre mille. Je ne me suis pas retourné tout de suite. La peur de montrer mon émotion.

Elle était assise à l'arrière de la voiture et, d'une main, tenait la portière ouverte. Elle ressemblait à mes rêves et à mes cauchemars. Les huit années passées avaient accusé le dessin des pommettes, mais ça lui allait bien. Elle avait quelque chose de plus, la classe. Tel que j'étais placé, j'entrevoyais sous la jupe courte la dentelle d'un bas.

— Eva. Quelle surprise !

— N'est-ce pas ? J'adore ce genre d'impromptu. C'est tellement bon de lire la joie sur ton visage.

J'avais les jambes en coton. J'ai quand même essayé de la jouer Humphrey Bogart, le sourire blasé et une main dans la poche – ça l'empêchait de trembler.

— Que fais-tu à Paris ? Je croyais que tu étais interdite de séjour. Tu ne crains pas la brigade financière ?

— Immunité diplomatique.

— Tu m'étonneras toujours. Diplomate ?

— En quelque sorte... Si tu veux en savoir plus et si tu n'as pas trop peur de moi, je t'invite à faire un tour dans Paris.

J'avais peur, oui, mais je n'avais pas le choix. Impossible d'imaginer que la promenade serait touristique ; et ce qu'elle avait à me dire sentait certainement le soufre... J'ai fait le tour de la Mercedes, j'ai ouvert et je me suis enfoncé sur le siège à côté d'elle. La portière s'est refermée avec un clic voluptueux. J'avais l'impression d'être entré dans la cage d'un fauve en ayant laissé mon arme dehors. Elle a remonté rapidement la vitre de séparation avec le chauffeur. La voiture a démarré en douceur, est descendue vers la Seine. Je gardais le regard obstinément fixé sur le décor. Les arbres étaient d'un joli vert, le ciel d'un joli bleu, les robes d'été fleurissaient – le printemps à Paris comme on l'aime. Eva, elle, avait tout d'un été torride.

Elle a répondu à la question que je n'avais pas posée.

— Je suis conseillère de Hugo Chavez sur les marchés financiers...

— Bien joué. Tu spécules pour lui ?

— Chavez ne s'intéresse qu'au bien de son pays, pas à sa fortune personnelle.

J'entendais l'ironie dans ses mots.

— Et toi, tu agis pour le bien du Venezuela... Une conversion altermondialiste ?

— Non. Je prends 20 % de ce que je rapporte.

— Et tous les coups sont permis...

— Tous. Ils l'ont toujours été. Il n'y a que toi qui ne comprends pas. Personne ne respecte les règles, sur les marchés. Les petits investisseurs se font plumer par les gros. Et toi, tu as choisi le camp des petits, et tu te feras toujours baiser.

— C'est pour me prodiguer ses encouragements que la diplomatie vénézuélienne s'est déplacée ?

— Non. D'abord, j'avais envie de voir à quoi tu ressemblais. Tu as l'air d'un athlète. Tempes grisonnantes, quelques rides au coin de yeux... Craquant.

— Ce n'est pas l'adjectif que j'emploierai à ton usage. « Affolante » convient mieux.

— Je suis au Crillon, suite Bernstein. Il y aura une bouteille de Taittinger comte de Champagne millésimé au frais.

— Merci. Pas vraiment envie.

— Je t'attendrai tout de même. Un moment, en tout cas...

— Quoi d'autre ?

Elle ne répondit pas tout de suite ; la voiture avait tourné dans l'avenue Montaigne. Elle faisait mine d'être distraite par les vitrines. Versace, Armani, Dior... Elle avait la même coiffure, cheveux noirs coupés court. En glissant un regard en coulisse, je pouvais voir la naissance de sa nuque, le creux de l'épaule, une boucle d'oreille Buccellati. En une seconde, j'ai compris que j'attendais ce moment depuis des semaines, depuis que j'avais replongé.

Elle a parlé sans cesser de regarder au-dehors.

— Je sais que tu as une position sur le pétrole.

— Et comment le sais-tu ?

— Je ne t'ai jamais quitté des yeux.

— Pas de *bullshit*. Comment le sais-tu ?

— Ton courtier est compréhensif. Nous faisons de grosses affaires avec lui. Il savait que l'info m'intéresserait.

— Et pourquoi ?

Elle se tourna enfin pour planter dans les miens ses yeux de tigresse, verts ou dorés, je n'ai jamais réussi à trancher.

— Puisque tu ne le comprends pas, je te fournirai quelques mots d'explication lors de notre prochaine rencontre. Crillon, suite Bernstein.

— Non merci.

— Tu me froisses.

— Les lettres, c'était toi, bien sûr ?

— Une délicieuse torture préliminaire.

— Et le jasmin ?

— Rien de tel que le parfum d'une fleur pour faire monter les souvenirs et les regrets.

— Je ne regrette rien.

J'avais répondu trop vite, je le sentais. Elle a esquissé un sourire. Elle n'avait pas bougé, et, pourtant, j'avais l'étrange impression qu'elle s'était rapprochée de moi.

— En tout cas, a-t-elle repris, je t'ai assez intrigué pour que tu acceptes de m'écouter sans résistance. Si je t'avais appelé il y a deux mois, tu m'aurais raccroché au nez.

Il n'y avait rien à répondre ; elle avait tellement raison.

— Je ne suis pas venue pour te proposer de passer une nuit avec moi au Crillon, dit-elle d'un ton soudain plus grave. Mais pour t'avertir. Tu vas te faire massacrer. C'est nous qui faisons monter le pétrole. Et nous ne nous arrêterons pas avant 200 dollars. Tu vas te ruiner. Et tu sais ce que ça veut dire. Coupe ta position. Prends ta perte et suis-nous.

— Vous suivre... et où ?

— Achète du pétrole. Quand il sera à 200 dollars, tu seras refait, et tu pourras vendre.

— Un de tes cadeaux au curare. Je me doutais bien qu'il y avait une manipulation derrière cette hausse. Mais Chavez ne suffit pas. Il ne peut pas monter seul le pétrole à 200 dollars.

— Nous ne sommes pas seuls. Ahmadinedjad est aussi dans le coup. Dès que le pétrole rebaisse, il fait des déclarations sur le nucléaire et provoque une nouvelle flambée des cours.

— Les Américains ne laisseront jamais le pétrole aller à 200 dollars. Leur économie s'effondrerait.

— Tellement touchant, cette naïveté... Bush n'en a plus que pour six mois à la présidence. Il veut faire un cadeau à ses amis dans le pétrole. 200 dollars, c'est une aubaine pour les groupes pétroliers américains qui peuvent exploiter des réserves inexploitables à des cours plus bas. Et, en plus, il pourra relancer les explorations offshore qui ne sont rentables qu'au-dessus de 150 dollars.

— Les Saoudiens ne laisseront pas faire. Vous êtes en train de tuer la poule aux œufs d'or. En faisant monter les prix, vous provoquez une récession mondiale. Dans deux ans, le pétrole vaudra 40 dollars.

— Dans deux ans, on ne sera plus là. Ahmad et nous avons besoin d'argent, de beaucoup d'argent, tout de suite. Pour distribuer des aides aux pauvres. Pour museler les opposants.

— Je suis naïf, penses-tu. Et si c'était le contraire ? Si tu étais la naïve de l'histoire ? Dans ce jeu-là, tu ne peux pas tenir tous les facteurs en main. C'est trop gros.

— J'aime le risque. Mets-toi à la hausse et arrête de jouer petit. Viens nous rejoindre. On a besoin de traders de ta trempe. La fortune t'attend... la vraie.

— Et l'exil. Être grillé partout, comme toi, non merci.

— Grillée ? Je peux aller partout avec mon passeport diplomatique. New York, Paris, Londres... On m'ouvre les portes et on me lèche les escarpins. Un mot de moi et Chavez déclenche un arrêt des exportations de pétrole.

— Plus de pétrole, plus d'argent.

— Plus de pétrole, hausse des prix, donc encore plus d'argent. C'est ta candeur qui me fait craquer.

J'étais sonné. Ce qu'elle racontait tenait la route.

J'avais l'explication que je cherchais depuis des semaines. J'allais me faire égorger sur le pétrole. À moins que je me mette avec eux. C'était tentant. Et simple. Un seul appel à mon courtier et je prenais ma perte sur ma position à la baisse pour me remettre à la hausse. Je pourrais même emprunter plus d'argent pour jouer gros sur cette hausse. S'ils parvenaient à faire monter le pétrole à 200 dollars ou même à 180 dollars, en misant 2 millions d'euros, je pouvais facilement en gagner 10. Ce n'était pas cela que je voulais ? Refaire fortune ? Et pourquoi prendre des risques alors que j'avais ici un coup sûr à jouer... Un coup sûr mais un coup tordu.

La Mercedes roulait en direction de la place de la Concorde. Je voyais grandir l'obélisque, loin devant moi. Dans quelques instants, la façade du Crillon apparaîtrait dans le soleil du soir, prometteuse.

Eva ne parlait plus. Un coude sur la portière, le menton dans la main, le regard dans le vague, elle attendait... Encore cette impression. Celle que j'avais eue, à l'instant où elle était sortie du Berkeley. Comme si elle retenait une envie de pleurer. Richissime, toute-puissante, mais... À cet instant, peut-être qu'en une phrase j'aurais pu la faire revenir du côté lumineux de la force. En deux mots. Mais je ne les ai pas prononcés.

— Dépose-moi là, veux-tu ? J'ai envie de marcher.

Elle a ouvert un Vuitton posé à ses pieds, en a tiré une carte qu'elle m'a tendue.

Quand nos doigts se sont touchés, j'ai senti le sang battre dans mes tempes.

— Je reste à Paris quatre jours. Si tu changes d'avis, appelle-moi. En tout cas, arrête le massacre sur le pétrole. Tu ne pourras pas lutter, avec ton petit million d'euros.

Deux minutes plus tard, j'étais sur le trottoir des Champs-Élysées, et la Mercedes s'éloignait dans le flot de la circulation. Je voyais encore Eva par la lunette arrière, ses cheveux noirs, sa nuque. Puis elle a disparu.

Dix minutes plus tard, j'étais toujours là sur le trottoir à me demander si j'avais rêvé.

*Elle est belle comme*
*Une princesse de sang*
*De celles qui rendent un homme*
*Faible et languissant*
*J'ai la fièvre dans le sang...*

Je ne sais pas comment j'ai fait pour rentrer chez moi ; j'ai fait le trajet à pied jusqu'au bureau où j'avais laissé la moto. Je me rappelle juste les coups de klaxon autour de moi. J'étais sur un nuage noir.

## Mercredi 14 mai
## 1 179 900 euros

Euro/$ : 1,5414. Or : 864 $. Pétrole : 125,80 $.
Le CAC ouvre à 4 998.

Je me suis réveillé tout habillé. J'ai ouvert la main. J'avais sa carte entre les mains. Un prénom. Un numéro de portable. Rien d'autre. Ce n'était pas un rêve, un cauchemar peut-être.

Je l'ai vraiment vue hier.

Et je dois prendre une décision. S'ils parviennent à leurs fins, je vais perdre tout l'argent que Sunee m'a confié. Je suis confronté à un ennemi que je n'ai pas les moyens de contrer. Je pourrais alerter des journalistes financiers, leur expliquer la manipulation, mais personne ne me croirait. On me prendrait pour un has been qui tente un come-back sur une bonne vieille théorie du complot.

Je ne la suivrai pas. Je ne renierai pas les principes que j'ai défendus pendant vingt-cinq ans. D'un autre côté, je ne veux pas être suicidaire. Je dois au moins arrêter le massacre et solder ma position sur le pétrole et quitter ce marché. Je pourrai toujours continuer à jouer sur le CAC, sur l'euro, sur les actions. Pourquoi m'acharner sur le pétrole alors que je sais qu'ils vont gagner ?

Mais sortir du marché du pétrole, c'est tricher. D'abord parce que j'utilise une information privilégiée. Je suis « initié », maintenant, et par le démon. Surtout, sortir du marché, c'est accepter la défaite contre les forces du Mal. J'ai envie de lutter. Je n'en ai pas les moyens mais je ne veux pas céder.

Je vais prendre le temps d'y réfléchir.

J'ai besoin de me détendre, de penser à autre chose.

Je vais aller voir un prototype de scooter électrique. Je vais en acheter un. Ce sera ma façon à moi de contrer la hausse du pétrole. Ce qui est dingue, c'est que je m'acharne sur le pétrole alors que je gagne de l'argent sur tous les autres marchés. J'ai fait un beau coup sur le CAC, encore un beau coup ce matin sur l'euro.

Je vais prendre mon profit sur l'euro. 40 000 euros en un jour cela ne se refuse pas. Si le CAC remonte encore, je le revends. Je vais essayer de refaire un aller-retour rapide, comme hier. Aucune idée sur l'or. Aucune idée sur les actions, quoique... Fidèle à mon esprit « contrarian », il y a un actif que j'aimerais jouer. Quel est le plus fort consensus du moment ? Où est ma plus belle bulle ? Pétrole ? J'en parle trop. Matières premières en général ? Idem... Pays émergents ? Elle a déjà commencé à exploser. Non. Je regarde ailleurs. En dehors de mon champ originel d'(in)compétence. C'est ailleurs qu'une bulle s'était formée. Devant mes yeux. Tous les jours. Tellement énorme que je ne la voyais pas. Réfléchissez. Quel est l'actif (l'hyperactif même) dont le cours s'est effondré en un an de 61 à 38 ? Sur lequel aujourd'hui tout le monde est positionné à la baisse, qu'il est de bon ton de continuer à voir baisser, et sur lequel tout avis « contrarian » est considéré comme ringard ? Nicolas Sarkozy, dont certains ont fini par oublier qu'on doit le respect sinon à sa personne du moins à sa fonction. Il y a une bulle de l'antisarkozysme. Et une bulle, pour un contrarian, c'est toujours une aubaine.

Trop de vendeurs sur ce marché et pas assez d'acheteurs, des analystes qui ont retourné leurs vestes et hurlent avec les loups, le politiquement correct à la curée, tout ça dans une atmosphère d'hystérie collective qu'Alan Greenspan aurait qualifiée d'« exubérance irrationnelle » : ce sont des signaux d'achat pour un actif sous-évalué. Je passe donc à l'achat sur le président Sarkozy. À 38 % de niveau de confiance accordée au président (institut CSA), je tente le rebond. Je ne suis pas analyste politique ; je ne suis qu'un stratège de marchés, et c'est en tant que tel que j'aime identifier les opportunités d'investissement. Or, là, je ne peux m'empêcher de penser qu'il y a un coup à jouer à la hausse : un homme qui réforme, un homme qui assène des vérités ne peut pas traîner au cours de 38 %. C'est trop bas ! J'achète !

Je me demande d'ailleurs quel genre de trader Sarkozy ferait. Probablement un trader de l'extrême, version ça passe ou ça casse : « Je me contrôle pendant trois jours. Petites positions, petits gains, petites pertes. Et, le quatrième jour, je fais tapis. Soit je cartonne et je gagne un top model, un yacht et des vacances dans un palace, soit je me plante et je redeviens avocat. » Je ne lui confierais pas mon argent.

Et les autres hommes politiques, est-ce qu'ils

feraient de bons traders ? Mme Royal sûrement pas. Elle passerait plus de temps à se plaindre du machisme des salles de marchés et qu'il y a un complot pour voler ses fichiers de trading dans son ordinateur qu'à essayer de gagner de l'argent.

Fillon ce serait un peu le trader livret A. Des petits gains tous les jours sans prendre de risque.

Jack Lang ferait tellement de conférences et d'interviews sur le trading qu'il en oublierait de suivre ses positions. Il organiserait aussi sûrement la fête du trading, un jour par mois où tout le monde pourrait spéculer nu dans les rues.

Delanoë installerait un petit écran de cotation sur son velib et ferait son trading depuis Paris-Plage.

Non. Les deux traders que j'engagerais probablement seraient Fabius et Juppé. Des forts en maths. Tête bien faite, chauves, pas flambeurs. Rassurants.

Hier, le nouveau dirigeant de la Société Générale, M. Oudea, a annoncé ses résultats trimestriels et présenté la stratégie de sa banque. Une plaisanterie à la française ! Quelques mois après la plus grosse fraude mondiale de l'histoire des marchés financiers, M. Oudea fait comme s'il ne s'était rien passé. Pis encore, tout le monde fait comme s'il ne s'était rien passé. Les organes de contrôle de la place de Paris, les autorités monétaires françaises, et même la presse, qui a fait de Jérôme Kerviel un Che Guevara bien de chez nous, tout le monde a accepté que cinq milliards se soient envolés et que seuls un ou deux lampistes se soient fait épingler.

Daniel Bouton a abandonné la direction générale à Oudea comme Poutine a abandonné la présidence de la Russie à Medvedev. Les deux hommes ont d'ailleurs le même âge et, comme Medvedev dans son discours d'intronisation, Oudea a exposé qu'il suivrait la ligne de Daniel Bouton les doigts sur la couture du pantalon. Il a repris mot pour mot les déclarations de son Vladimir à lui sur la nécessité de rester indépendants. Il a même dit : « Nous n'avons pas de raison de changer radicalement notre modèle » et glissé que Daniel Bouton aurait, en tant que président, un rôle clé dans la stratégie de la banque. Nous voilà rassurés.

Cela me fait sourire. Et me conforte dans l'idée que la France ne changera pas. C'est un pays où, comme dans la Russie de Poutine, la connivence des dirigeants de certains groupes avec l'administration est telle qu'ils sont intouchables. Deux poids, deux mesures. Une justice pour les gros, une justice pour les petits. Pas de sanctions pour les gros, grosses sanctions pour les petits. Dommage que je ne joue pas aux échecs, car j'aurais volontiers suivi la voie de Garry Kasparov...

## Jeudi 15 mai
## 1 210 400 euros

Euro/$ : 1,5530. Or : 867 $. Pétrole : 123,94 $.
Le CAC ouvre à 5 024.

Je piétine et ça m'énerve. J'ai évacué l'offre d'Eva de mon esprit, mais, même sans parler du pétrole, je me trouve nul. Cela fait quelques semaines que j'ai commencé et, finalement, je ne gagne que 110 400 euros soit seulement soixante-treize fois le smic mensuel...

Et 110 400 euros, quand on veut faire fortune, ce n'est pas tout à fait satisfaisant. On peut tout juste se payer une des maisons à 100 000 euros de Jean-Louis Borloo (qui n'ont jamais vu le jour) ou nourrir un village africain pendant dix ans. Pourquoi est-ce que j'adore ce genre de provocs bien glauques ?

La réalité, c'est qu'en tant qu'ancien pauvre je n'assume pas mes années de riche. La psy que j'avais rencontrée, après ma première dépression post-faillite, évoquait la possibilité que j'aie provoqué moi-même la situation ; selon elle, j'étais un petit garçon pauvre qui avait honte de devenir riche. À l'époque, j'avais ri. En fait, non, je ne riais pas, j'étais en pleine déprime ; j'ai dû faire un genre de grimace.

Cinq ans après, lors de ma deuxième faillite, un deuxième psy m'a dit exactement la même chose, et ça m'a fait réfléchir. Il m'a fait remarquer que j'évoquais souvent Gandhi, Martin Luther King ou le Che, jamais Warren Buffett ni David Rockefeller. Selon lui, j'étais un révolutionnaire qui s'ignorait, un pauvre mal à l'aise dans le monde des riches. J'avoue que j'ai été troublé.

C'est vrai qu'en ce moment, par exemple, j'ai honte d'être financier. Les banques font tellement de conneries depuis trois ou quatre ans. Après la crise de l'été 2007, ç'a été pire, et on s'est aperçu que les marchés financiers étaient complices.

La chasse aux sorcières a commencé. Elle est d'une violence sans précédent. Violence verbale pour le moment. La charge la plus spectaculaire est venue hier du président allemand, Horst Köhler : « Les marchés financiers sont devenus des monstres incontrôlables », et : « Les banquiers sont responsables de “destructions massives d'actifs” ». Rien que ça ! Les dirigeants des grandes banques sont les Saddam Hussein du monde économique, et beaucoup aimeraient leur faire subir le même sort... Si la charge est volontairement caricaturale et disproportionnée, elle reflète un état d'esprit qui se propage rapidement en Europe. Il y a un ras-le-bol du capitalisme financier, avec ses rémunérations indécentes (la Hollande prépare une loi pour plafonner les rémunérations, stock-options incluses, des dirigeants des grands groupes), ses fonds spéculatifs irresponsables qui provoquent des pénuries de denrées alimentaires de première nécessité, sa complicité pour cause d'amélioration de marges avec les pratiques sociales les plus sordides des pays dits émergents (la Chine souffre d'une déscolarisation des enfants en bas âge pour cause de recrutement forcé dans les usines), ses subprimes dont la crise provoque des expulsions dramatiques aux États-Unis, et ses produits structurés qui se sont révélés des armes de destruction massive.

Le président allemand a utilisé le mot « alchimistes » pour qualifier les financiers et les banquiers. Même si chaque crise est suivie d'une « révolution culturelle » similaire, il semble que nous, financiers et hommes de marchés, ne sortirons pas indemnes de cette épreuve-là. Pour une simple raison : ce qu'ont fait les banques dans les cinq dernières années est indéfendable. Elles ont abandonné l'économie réelle pour se lancer dans une économie virtuelle, fabriquant ainsi une bombe qui ne pouvait qu'exploser. Aujourd'hui, les victimes veulent leur revanche. Et on ne peut pas leur en vouloir, ni leur reprocher leurs débordements actuels et à venir. Le capitalisme est en crise. Une révolution est en marche.

J'avoue que je rêve parfois de devenir un leader de cette nouvelle révolution, le Cohn-Bendit d'un Mai 2008 financier ; mais où trouverais-je le temps de faire fortune ?

Bon, passons aux choses sérieuses. Qu'est-ce que je fais aujourd'hui ?

Sur le CAC, il n'est pas assez haut pour le vendre et pas assez bas pour l'acheter. Sur l'euro, j'ai eu de la chance, avec mon aller-retour d'hier (le terme d'aller-retour ne s'applique pas qu'aux steaks tartares mais aussi aux opérations rapides d'achat-vente), et je ne suis pas chaud pour intervenir encore.

Sur l'or, je suis sec comme un noyau de pêche,

pour reprendre le mot d'un vieux trader de mes débuts.

Il serait peut-être temps de s'intéresser aux actions. J'ai noté les performances des actions du CAC 40 depuis le début de l'année dans l'ordre décroissant.

| LIBELLÉ | DERNIER | VARIATION |
|---|---|---|
| RENAULT | 68,25 | – 29,65 % |
| VEOLIA ENVIRONNEMENT | 44,65 | – 28,50 % |
| SOCIÉTÉ GÉNÉRALE | 70,50 | – 23,86 % |
| PPR (ex-PINAULT PRINTEMPS) | 83,98 | – 23,65 % |
| MICHELIN | 60,02 | – 23,54 % |
| SANOFI-AVENTIS | 48,18 | – 23,50 % |
| EADS | 17,12 | – 21,58 % |
| L'ORÉAL | 77,43 | – 20,97 % |
| SAINT-GOBAIN | 52,43 | – 18,70 % |
| SCHNEIDER ELECTRIC | 75,69 | – 18,33 % |
| AIR FRANCE-KLM | 19,77 | – 17,80 % |
| EDF | 67,25 | – 17,46 % |
| VIVENDI | 26,060 | – 16,95 % |
| FRANCE TELECOM | 20,490 | – 16,77 % |
| CRÉDIT AGRICOLE SA | 19,34 | – 16,17 % |
| STMICROELECTRONICS | 8,245 | – 15,87 % |
| BOUYGUES | 49,21 | – 13,67 % |
| AXA | 23,700 | – 13,47 % |
| PEUGEOT | 44,97 | – 13,27 % |
| CARREFOUR | 46,45 | – 12,84 % |
| ESSILOR INTERNATIONAL | 38,97 | – 10,72 % |
| LVMH MOËT VUITTON | 74,47 | – 9,93 % |
| LAGARDÈRE | 46,20 | – 9,92 % |
| GROUPE DANONE | 55,37 | – 9,82 % |

| | | |
|---|---|---|
| PERNOD RICARD | 72,86 | – 7,83 % |
| AIR LIQUIDE | 94,07 | – 7,58 % |
| CAP GEMINI | 39,92 | – 7,16 % |
| ACCOR | 51,14 | – 6,51 % |
| BNP PARIBAS | 69,960 | – 5,74 % |
| LAFARGE | 117,76 | – 5,41 % |
| DEXIA | 16,54 | – 3,89 % |
| SUEZ | 44,91 | – 3,56 % |
| TOTAL | 54,980 | – 3,26 % |
| ALCATEL-LUCENT | 4,825 | – 2,53 % |
| VINCI | 49,73 | – 1,82 % |
| VALLOUREC | 187,80 | + 1,43 % |
| ALSTOM | 154,10 | + 4,83 % |
| GAZ DE FRANCE-GDF | 43,24 | + 8,10 % |
| UNIBAIL-RODAMCO | 169,99 | + 13,39 % |
| ARCELORMITTAL | 63,72 | + 19,80 % |

Que m'inspirent ces performances ?

Cinq actions seulement sont en positif. Trente-cinq ont des performances négatives depuis le début d'année. Une bonne moitié se sont fait démonter, avec des pertes de plus de 15 % malgré une remontée assez forte des marchés sur les dernières semaines. Année de merde sur les actions pour l'instant. Ce sont les financières, surtout, qui ont souffert, et c'est normal. Plus étonnant, on voit en tête des mauvais élèves le Renault de Carlos Ghosn, le chouchou des médias il y a un an, leur tête de Turc depuis quelques mois, ou encore des sociétés solides et de qualité.

J'ai envie, en bon contrarian que je suis, d'acheter un mauvais élève. Renault ? Bof. Le pouvoir d'achat s'écroule partout. Nissan va moins bien. Ils vendent des voitures de moins en moins chères avec des marges limitées et découvrent surtout que les pays émergents ne sont pas les eldorados espérés (si les Roumains font la grève, où va-t-on ?).

Veolia Environnement ? Pourquoi pas ? Société assainie. Bon business. Bon management. Mais trop de dettes. Société Générale. Bof. En plus, je suis énervé contre eux. Leur président n'a pas été viré malgré les cinq milliards d'euros partis en fumée. PPR ? Non. Je crois que le luxe sera la prochaine victime. Les riches vont devenir moins riches. Michelin ? Moins de voitures, moins de pneus. Non. Sanofi-Aventis ? Drôle de boîte. Lourde, peu mobile, pas fun. Elle mettra du temps à rebondir. EADS ? Un cauchemar. Entre les retards de l'A 380, la baisse du dollar et les délits d'initiés, c'est la roulette russe.

L'Oréal ? Je ne sais plus si elle le vaut bien (facile, je sais). Saint-Gobain ? Belle boîte, mais plombée par le fonds Wendel qui a acheté des titres à crédit et qui est étranglé.

Bon ça me fatigue. Je ne fais rien sur les actions. Elles sont toutes bon marché mais peuvent encore s'écrouler.

Quelle journée !... Entre la crise du capitalisme et l'analyse des actions du CAC 40, je suis épuisé. Il fait super-chaud. Je vais aller courir. J'enfile mon short. *Run, Forrest, run.*

Et si j'organisais une contre-offensive pour déjouer la manipulation d'Eva ? Et si je faisais le tour de tous les gérants de fonds que je connais ? Si je leur révélais la manipulation, avec tous les détails ? Et que je leur propose de gagner une fortune en démolissant le complot ? Il nous suffit de lutter avec les mêmes armes. Nous n'avons pas le pétrole, mais nous avons l'argent et les idées. Est-ce qu'ils me croiraient ? Peut-être. Mais ils ne me suivraient pas. Au contraire. Ils feraient exactement ce qu'Eva a suggéré. Ils achèteraient encore plus de pétrole pour jouer la hausse à 200 dollars. Je laisse tomber. Je suis vraiment seul. Tout seul.

## Vendredi 16 mai
## 1 197 400 euros

Euro/$ : 1,5480. Or : 881 $. Pétrole : 124,75 $.
Le CAC ouvre à 5 070.

Toujours le pétrole qui me plombe.

Eva fait bien son boulot. Chavez a menacé cette nuit de réduire sa production. Il menace même les États-Unis d'un embargo. Quant à l'Iran, il a procédé à un tir de missiles à longue portée qui a rendu hystériques les Israéliens. La manipulation continue.

Le CAC est bien remonté. Je veux en vendre, mais j'attends le bon niveau. L'annonce d'une bonne croissance européenne et d'une spectaculaire croissance allemande a fait monter la Bourse.

Cela fait des mois que j'observe l'Allemagne avec attention et admiration. L'Allemagne est vraiment l'élève modèle, le cas d'école, l'exemple à suivre. 1,5 % de croissance au premier trimestre, on n'avait pas vu cela en Allemagne depuis 1996. Même si on attend un ralentissement au deuxième trimestre, l'Allemagne a prouvé que le découplage avec l'économie américaine est possible, et c'est l'Europe qui en bénéficie, pas les pays émergents comme on nous l'expliquait. L'Allemagne a également prouvé qu'on pouvait croître avec un euro fort.

L'Allemagne a tiré la croissance européenne. La croissance européenne a progressé de 0,7 % au premier trimestre, bien au-delà des chiffres des prévisionnistes, qui feraient bien de changer de métier. Même la France en profite, avec une croissance de 0,6 %. Mais les disparités entre les pays de la zone euro sont impressionnantes ; aux deux extrêmes, le Portugal et ses – 0,2 %, l'Allemagne et ses + 1,5 %

Quel est le secret de la réussite allemande ? Miser sur les entreprises et pas sur la consommation. Le modèle français qui consiste à relancer la consommation dès que l'économie ralentit est une erreur que nous répétons depuis trente ans. Relancer la consommation crée une croissance éphémère qui détériore la balance commerciale. Nous sommes nuls. Le modèle allemand, lui, s'appuie sur l'investissement et les exportations, avec, toujours en tête de l'offensive, des bataillons de PME performantes. Ce n'est que quand les moteurs de l'investissement et des exportations tournent que l'Allemagne favorise la reprise de la consommation qui, du coup, profite à l'économie allemande. Certes, la croissance allemande va ralentir, après cet exploit, mais le résultat est déjà acquis.

J'ai bien couru hier. Autour du lac du bois de Boulogne. Quatre tours ! Mais ce n'est pas en courant que je vais faire fortune. Je ne vais tout de même pas rester avec une seule position. Je me relance sur le CAC ? Je vends cinquante contrats à 5 070 ? Je tente aussi un petit rebond de l'or, qui a peu progressé sur les derniers jours par rapport au pétrole, avec un achat de vingt-cinq contrats à 881 dollars.

Dans les salles de marchés que j'ai fréquentées et dans celles que j'ai dirigées, il y a peu de femmes. Je n'ai jamais vraiment compris pourquoi. Pendant longtemps, les seules femmes qu'on y voyait étaient des petites mains... Le trading est un univers de machos. Et j'ai connu beaucoup de filles de qualité qui n'ont pas supporté la pression. Non la pression des marchés, mais la pression exercée par tous ces animaux enfermés quatorze heures par jour dans une cage et prêts au pire pour se défouler.

J'ai trouvé une autre explication dans un rapport publié par l'université de Cambridge. Un compte rendu de travaux de recherches sur le trading.

Pour être un bon trader, il faut... de la testostérone ! Des tests ont été réalisés sur dix-sept traders de la City : prélèvement de salive le matin à 11 heures et l'après-midi à 16 heures pendant huit jours ouvrés consécutifs, huit jours riches en statistiques économiques américaines et donc propices à de forts mouvements de marchés. Les résultats ont mis en lumière l'importance de deux hormones dans le métabolisme des personnes observées : la testostérone et le cortisol. Les traders qui ont la plus forte concentration de testostérone sont ceux qui réalisent de meilleures performances boursières. Par contre, le cortisol est produit sous l'effet du stress par les glandes surrénales. Un taux élevé de cortisol signale une crainte des incertitudes.

En première lecture donc, le trading est une affaire de testostérone, hormone produite par... les testicules. Mais pas sur la durée !

Pourrait-on doper les traders comme on dope certains sportifs ? Pourrait-on leur injecter de la testostérone pour leur faire accroître leurs gains ? Que nenni ! Une forte dose de testostérone, au contraire, développe l'agressivité, et une accoutumance pourrait provoquer une dépendance à la prise de risque et une impulsivité échappant à tout contrôle... L'étude préconise, au contraire, de se tourner vers des traders moins sensibles aux « emballements boursiers », ceux dont les poussées de testostérone et de cortisol sont les moins fortes : les hommes d'âge mûr et les femmes ! L'avenir du trading est comme l'avenir du monde : il est aux femmes.

Cela ne m'étonne pas. Les femmes ont le recul nécessaire pour prendre les bonnes décisions de trading au bon moment. Et elles ne comparent pas la taille de leurs positions comme les sportifs la taille de leur engin dans les vestiaires. Vive les femmes traders !

26 juin 1997. Il m'a suffi d'une seconde pour comprendre que j'avais fait une erreur. J'allais vivre un enfer.

— Sunee... Eva.

— Enchantée.

La haine au premier regard. Quand elles se sont serré la main, j'ai cru entendre les os craquer.

— Bon, eh bien, les présentations sont faites ! C'est une bonne idée, non ? Les deux stars du marché financier font enfin connaissance... En plus, on a de la chance, il fait beau et j'ai réussi à avoir une table en terrasse. Chez Marius et Janette, c'est un exploit.

J'avais choisi le restaurant pour sa terrasse mais également pour son poisson – Sunee ne mangeait pas de viande et Eva était toujours au régime.

Le temps passait... Elles se dévisageaient sans parler, et moi je m'enfonçais minablement. Tous les regards étaient tournés vers nous. La clientèle d'hommes d'affaires déprimants et quelques septuagénaires surliftées observaient avec envie ou jalousie mes deux créatures sorties droit du dernier James Bond. Elles avaient choisi leur tenue avec minutie en vue de cette rencontre au sommet. Sunee était lumineuse, tout de blanc vêtue, dans son tailleur Chanel. Eva avait opté pour un rouge flashy avec une jupe dont la longueur était une insulte à la décence et un chemisier très opaque, mais dont elle avait oublié de fermer la moitié des boutons. Elle a pris la parole la première.

— Sam ne cesse de parler de vous. « Sa petite sœur » comme il dit...

Je ne sais pas comment elle se débrouillait, mais de la façon dont elle prononçait les mots, le surnom affectueux devenait carrément obscène. Sunee avait sa réponse toute prête. Elle avait dû la préparer.

— Et tous les jours de vous. Un début de carrière prometteur, semble-t-il.

Elle insista sur le mot « début » avec l'accent thaï, qui lui revenait chaque fois qu'elle était tendue.

Au tour d'Eva de déployer l'artillerie lourde :

— Cela fait quatre ans que je suis sur les marchés. Mais c'est vrai que je suis encore jeune, j'ai beaucoup à apprendre des vétérans.

Et sans laisser le temps à Sunee de réfléchir, elle a repris tout de suite :

— Votre pays est vraiment magnifique...

— Merci, a répondu bêtement Sunee, encore assommée par la réplique précédente.

Eva a profité du repli pour envoyer les chars.

— J'ai fait un séjour à Bangkok en allant à Bali, mais je dois vous avouer une chose... Je suis partie plus tôt que prévu. (une expression de dégoût, puis :)

Je ne supportais pas la vue de ces petites filles sur les genoux des étrangers pervers.

Évoquer le problème de la prostitution devant une Thaïe fière de ses origines, c'était la dernière étape avant la bombe H. Sunee avait eu le temps de se remettre. Elle a contre-attaqué aussitôt.

— Je vous comprends, nous faisons tout pour en sortir. Notre pays a toujours lutté seul pour régler ses problèmes intérieurs. Il est le seul, en Asie, à n'avoir jamais été colonisé. Nous n'accepterions jamais de devenir le vassal d'un voisin. Je souhaite de tout cœur que le Liban retrouve un jour sa liberté.

— Je ne rentrerai jamais au Liban, a répondu Eva après une seconde de silence. Mon pays, c'est le monde.

Touché. Je me détendais peu à peu. C'était plutôt fun, de voir passer les missiles. Mais il fallait faire gaffe aux dommages collatéraux. J'ai levé des mains apaisantes.

— Mesdames, on passe aux choses sérieuses ? Vous voulez une entrée ?

Elles ont rangé les armes, mais le calme était trompeur. Le déjeuner a été pire encore. Sunee avait pris le parti de jouer à fond le rôle du vétéran. Armée d'un sourire inoxydable, elle me rappelait nos premiers coups sur les marchés, sur le thème : « Ça, c'était de l'aventure. » Eva, mise à l'écart du sujet, nous observait dans un mutisme jaloux, enchaînant cigarette sur cigarette.

Après ça, elle ne m'a pas adressé la parole pendant une semaine.

Sunee, au contraire, a voulu me parler en privé.

— Méfie-toi, Sam. Fais ce que tu veux avec elle, sauf du trading.

— Et pourquoi ? Elle est excellente ! Elle nous a fait gagner une fortune sur notre portefeuille d'actions européennes. Elle a un flair insolent.

Sunee a secoué la tête avec un air grave que je ne lui connaissais pas.

— Tu es sûr que c'est du flair ? Pense au ton qu'elle a pris pour dire : « Mon pays, c'est le monde. »

— Grandiloquent. Un ton grandiloquent. Elle fait ça dès qu'on aborde des sujets trop personnels. Une forme de défense ou je ne sais quoi... Efficace, d'ailleurs : on laisse tomber tout de suite.

— Non. Elle me lançait un avertissement.

— Rien que ça. Tu crains pour ta vie ?

— Plutôt pour la tienne. Ça voulait dire : je n'ai pas de frontière. Je n'ai pas de limite... tu saisis ?

Non, je ne saisissais pas. Je croyais bêtement que Sunee faisait une crise de jalousie. L'orgueil du mâle. Si je l'avais écoutée, peut-être que je n'aurais pas envoyé Eva faire cette enquête à New York. Peut-être que je l'aurais surveillée, peut-être que je l'aurais protégée d'elle-même.

## Lundi 19 mai
## 1 229 600 euros

Euro/$ : 1,5580. Or : 907 $. Pétrole : 126,90 $.
Le CAC ouvre à 5 020.

Carton sur l'or et semi-carton sur le CAC.

Je garde ma position sur l'or, pour l'instant. Cela couvrira une partie de mes pertes si le pétrole continue à flamber. Le CAC a bien rebondi depuis le plus bas niveau de mars, et je pense que la flambée du pétrole va finir par lui pourrir la vie comme elle pourrit la mienne.

Sur le pétrole, j'ai fait une erreur.

Une erreur de débutant impardonnable pour un trader confirmé. Je me suis trompé de sens. Ça arrive, je n'ai pas pris ma perte quand elle était encore petite, ça arrive aussi, mais je me suis enfermé dans cette position sans en parler à personne et ça, c'est inacceptable.

Une force des grands traders et notamment ceux des hedge funds, c'est la circulation de l'information. Pas seulement l'information lue dans les journaux et vue sur les écrans, mais celle obtenue dans leurs réseaux, c'est-à-dire par leurs potes qui travaillent dans d'autres fonds ou dans des banques. On sollicite son réseau pour mieux sentir le marché, quand on gagne beaucoup ou quand on perd beaucoup sur une position avant de décider de prendre ou non profits ou pertes.

Si j'avais contacté des gérants, la manipulation me serait apparue évidente, c'est certain, plus tôt, et je n'aurais pas joué avec le feu.

Le problème, c'est que je n'ai parlé à personne de mon réseau depuis près de dix ans. La plupart de mes contacts savent que j'ai jeté l'éponge. Mais, à ce stade, je n'ai pas le choix. J'ai besoin de leur avis sur le pétrole. Je dois décider si je garde ma position, si je prends ma perte ou si je tente le tout pour le tout en doublant la mise.

J'ai gardé mon carnet d'adresses, mon petit livre rouge à moi. Je vais tenter ma chance. La plupart sont à Londres et aux États-Unis... s'ils sont encore vivants.

Steve Rosenberg. Steve ! *Le* Steve. Il doit avoir soixante-douze ans environ, aujourd'hui. Steve est notre maître à tous. Une légende. Il a commencé à quatorze ans à Wall Street et, comme dans les films, il a grimpé les échelons un à un. Aujourd'hui, il est patron de Fishman Brothers, la deuxième banque d'affaires américaine. Et il n'est pas près de partir à la retraite, d'après ce qu'on raconte. J'avais fait sa connaissance pendant un stage à l'étranger effectué dans le cadre d'HEC, et j'ai gardé le contact avec lui pendant toute ma carrière.

— *Steve, the Great Steve ?*

— *Yes, dont tell me it's Sam !!*

— Oui. C'est moi, Big Steve.

— Espèce de salopard, tu disparais pendant dix

ans sans donner de nouvelles... Je devrais te raccrocher au nez, enfoiré.

— Ne m'en veux pas, j'ai eu pas mal de problèmes d'argent et de boulot.

— Je sais. J'ai appris. Tu m'aurais passé un coup de fil et j'aurais pu t'aider.

— Je n'ai pas voulu t'emmerder avec mes ennuis. Je sais que gérer une boîte de cinquante mille mecs dans la finance, ce n'est pas simple pour toi tous les jours.

— Cinquante mille mecs qui se prennent chacun pour une star. Mais ne t'inquiète pas, je les tiens en laisse ; je n'ai pas molli même si je suis vieux et mourant.

— Avant de rendre le dernier soupir, dis-moi, Steve, le pétrole tu en penses quoi ?

— Ne me dis pas que tu as recommencé et que tu perds encore tout ton argent ?

— Non. Ne t'inquiète pas. C'est juste une petite position, microscopique, que je gère pour une copine.

— Ouf. Écoute. Le pétrole va s'écrouler. D'une semaine à l'autre. Du pétrole, il y en a plein partout. J'ai parlé à mes potes saoudiens. Ils ne comprennent rien. Ils n'arrêtent pas de pomper. Ils ont des stocks qui débordent et les cours continuent à monter. Pour eux, c'est de la spéculation pure ou une manip' des agités de l'Opep comme l'Iran. Ça peut continuer encore un peu, mais après... Nous, on vend massivement cette semaine entre 126 et 130. On joue l'écroulement à 80 dollars.

— Steve, merci pour ces infos. Je passe te voir dès que je viens à New York.

— OK. Ne disparais pas encore pendant dix ans.

Éric Chalimard. Prof à Dauphine. Spécialiste des matières premières. Le premier à avoir annoncé, quand le pétrole valait 30 dollars, qu'il dépasserait les 100 dollars. Il a été débauché il y a cinq ans par Morgan Stanley comme stratège sur les matières premières, et a troqué ses 3 000 euros mensuels d'enseignant contre 300 000... bonus inclus.

— Éric ? C'est Sam.

— Sam, le grand Sam ? Le trader vedette de la place de Paris ?

— Ex-trader vedette... pendant la préhistoire. Tu vas bien ? Il paraît que tu n'as plus de problèmes de fin de mois ? Ta femme est gentille, maintenant ?

— Mon ex-femme, tu veux dire... Quand je suis entré chez M.S., j'ai divorcé. Après avoir passé quinze ans à me traiter de minable, elle était en train de découvrir qu'elle retombait amoureuse...

— Tu vis seul ?

— Non. J'ai les enfants en garde alternée, et je m'éclate un peu...

— Tant mieux. Dis-moi, gourou. Le pétrole, tu en penses quoi ? Tu as fait exploser les marchés depuis une semaine, avec tes nouvelles prévisions.

— Oui. Je sais. Tu as vu ? Maintenant, dès que je parle, le marché bouge de 10 % ! Avant, personne ne m'entendait – il faut dire qu'avec le chahut que faisaient mes élèves... La vérité, c'est que je pense qu'on va redescendre vers 110 dollars, car il y a trop de spéculation, mais, après ça, on va sûrement à 180 dollars. Minimum. Cela t'aide ?

— Oui. Merci. À bientôt et éclate-toi bien.

Greg Aberdeen. Mon ex-jeune apprenti...

Greg est le gérant vedette d'un hedge fund, un des trois associés qui ont créé leur fonds en 1996, Long

Term Commodities Fund, spécialisé sur les matières premières. Quand j'ai quitté les marchés, ils ramaient, car le pétrole ne décollait pas et les matières premières n'intéressaient personne. Ils géraient 100 millions de dollars, chiffre ridiculement faible dans le monde des hedge funds. J'ai appris par le *Wall Street Journal* qu'avec la flambée des matières premières le fonds était devenu la coqueluche de Wall Street. Après avoir atteint 10 milliards de dollars sous gestion, les trois associés avaient été obligés de refuser de nouveaux investisseurs. En 2007, ils avaient fait une performance de 100 % et Greg avait empoché près d'1 milliard de dollars à titre perso. Est-ce qu'il me parlera encore ? J'ai son numéro de portable.

— Greg ?

— Yep.

— Sam, Samuel Ventura.

— Sam ! *My God ! You're still alive ! Tell me you have decided to join us.*

— *No.* Greg. Mais merci pour la proposition et bravo pour ton parcours. J'ai suivi tes exploits dans la presse.

— Que puis-je faire pour toi, *old pal* ? Je n'ai pas oublié que tu m'as aidé à mes débuts. Tu peux me demander ce que tu veux.

— Juste une question. Le pétrole, qu'est-ce que tu en penses ?

— Tu t'es remis à trader sans me le dire ?

— Non. C'est pour un copain qui est collé.

— J'espère que tu ne me mens pas. Rappelle-toi que, si tu veux recommencer, je te confie de l'argent sans hésiter.

— Merci. J'apprécie.

— Écoute, Sam. Le pétrole, c'est très compliqué.

Je t'avoue qu'ici nous avons une très grosse position à l'achat. On gagne une fortune dessus. Les *fucking* Iraniens font tout pour le faire monter avec leurs manœuvres sur le nucléaire. Pourtant, j'hésite à tout vendre et à prendre mes profits. D'un côté, je crois que le potentiel de hausse est limité, mais, chaque fois que je suis sur le point de passer à l'acte, le pétrole continue à monter. J'ai pris une décision, ce week-end. Quoi qu'il arrive, je vends si le pétrole atteint 130 dollars. Tant pis s'il monte derrière.

— OK. Merci pour ton aide.

— De rien. *You're welcome.* Et tu viens avec nous quand tu veux.

Bon. Avis mitigé du côté de Greg, mais je sais qu'il vendra à 130 dollars et que, compte tenu de la taille de ses positions et des gens qui le suivent, ça risque de faire baisser le marché.

Voilà. J'ai fait mon boulot. Le boulot qu'on doit toujours faire. Glaner des infos et ne pas s'enfermer dans sa conviction.

Bon. En résumé. Je n'ai pas évoqué les informations que j'avais sur le Venezuela et l'Iran, mais ils ont tous compris que le marché était manipulé. Ils pensent quand même que le marché exagère et qu'il va rechuter. Soit peu avant de rebondir, soit massivement. Cela me rassure. Je vais donc tenir ma position et la doubler si on atteint les 130. Avant cela, d'ailleurs, car à 130 Greg va arroser le marché et ça risque de baisser rapidement. Je vendrai à 129 dollars.

## Mardi 20 mai
## 1 211 500 euros

Euro/$ : 1,5640. Or : 917 $. Pétrole : 129,18 $.
Le CAC ouvre à 5 015.

Eva avait raison. Le pétrole a flambé ; il est proche des 130 dollars.

Je tente le tout pour le tout, ce qu'il ne faut jamais faire... Je vends vingt-cinq contrats de plus à 129,18. La situation est simple. Je suis vendeur (short) maintenant de cinquante contrats à une moyenne de (121,42 + 129,18) / 2 = 125,30. Si le pétrole continue à monter, je suis mort. S'il baisse, je suis refait... C'est débile, mais j'en ai marre d'attendre !

Eva, c'est toi contre moi maintenant. L'un de nous deux va mourir. Je ne risque pas grand-chose. Je suis un mort vivant depuis huit ans.

Je prends mon profit sur l'or. Je garde ma position short sur le CAC de cinquante contrats. Je risque gros. Très gros.

— Allô, qui est-ce ?

— Thomas.

— Mais quelle heure est-il ?

— Quatre heures du matin.

— Qu'est-ce qui se passe ?

— Singapour vient de m'appeler. Le Venezuela a décidé l'embargo sur les livraisons de pétrole aux États-Unis. Le pétrole a explosé. Il vaut 160 dollars et j'ai été appelé par notre courtier qui nous prévient qu'il va solder notre position sur le pétrole.

— Mais pourquoi ? Pourquoi ?

— Parce qu'à 160, on a tout perdu. Les 1,2 million d'euros.

— Tout ? Mais qu'est-ce que je vais dire à Sunee ? Où est-ce que je vais trouver les 600 000 euros que je vais lui devoir ? Ils ne peuvent pas attendre ?

— Ils sont prêts à attendre si on leur envoie 2 millions d'euros avant l'ouverture des marchés européens demain à 8 heures.

— Impossible ! Où vais-je trouver 2 millions d'euros entre 4 et 8 heures du matin ? Impossible, impossible, impossible.

Eva, pourquoi ? J'aurais pu t'aider. On peut gagner sans tricher. Pourquoi tu ne m'as pas laissé une chance de le prouver ? Tu pouvais gagner sans tricher...

J'ai dû pousser un cri. Ça m'a réveillé. Je regarde le réveil : 2 h 42. J'ai eu du mal à m'endormir. Cette position sur le pétrole me mine. Eva me mine. Cette manipulation me mine. Trop réaliste, ce cauchemar. J'ai vraiment cru que tout était fini. C'est un signal d'alerte ; ma position sur le pétrole est trop grosse, je prends un risque trop important.

Je vais reprendre un Lexomil et essayer de dormir un peu. Je serai au bureau à 6 heures.

## Mercredi 21 mai
## 1 229 800 euros

Euro/$ : 1,5665. Or : 919,80 $. Pétrole : 128,80 $.
Le CAC ouvre à 5 003.

Il n'y a pas que moi qui ai mal dormi. Ce matin, tous les indices boursiers baissent. Surtout en Asie. La hausse du pétrole provoque une belle panique. Le CAC est encore au-dessus de 5 000, mais il va sûrement continuer à chuter. Et, franchement, je ne sais pas quoi faire. Je sais que je fais une énorme connerie, que je contreviens à toutes les règles élémentaires du trading. Ma position sur le pétrole est beaucoup trop grosse pour mon portefeuille et je n'ai qu'une autre position, celle sur le CAC. Celle-là évolue favorablement quand le pétrole évolue défavorablement, ce qui est logique. Mais cela ne suffit pas à faire un portefeuille sain.

Je dois me fixer une limite de perte sur le pétrole. Je ne supporterais pas le choc, financier certes, mais surtout psychologique, si je perdais tout. Je ne me remettrais pas du fiasco. La victoire du Mal, encore une fois. C'est trop, pour moi. Mon portefeuille n'est pas celui d'un trader mais celui d'un accroc du casino. Ce que j'ai été, et que je suis visiblement toujours. Un *gambler*, un parieur, un joueur. Le plus absurde, c'est que je gagne sur tout le reste sans exception. Comme si le ciel testait mon côté sombre tout en étalant les avantages du côté lumineux de la force. Je dois lutter contre *the dark side*, je ne dois pas devenir Darth Vador. Je vais mettre un ordre stop chez mon courtier, c'est-à-dire un ordre qu'il exécutera automatiquement pour prendre ma perte si le pétrole atteint un certain prix. Je vais mettre un ordre stop à 135 dollars. Si le pétrole atteint 135 dollars, ma position est clôturée, j'aurai perdu mais limité la casse.

## Jeudi 22 mai
## 1 219 400 euros

Euro/$ : 1,5785. Or : 932,80 $. Pétrole : 130,20 $.
Le CAC ouvre à 4 940.

Le pétrole bataille ferme autour des 130 dollars, son record absolu. J'ai lu, tout, mais absolument tout ce qui est dans les journaux aujourd'hui sur le sujet, du *Parisien* au *Wall Street Journal* en passant pas *Le Figaro* et *La Tribune*. La confusion la plus totale règne entre les spécialistes. Tout le monde s'accorde à dire que ce n'est plus une hausse, mais une véritable panique qui règne sur le marché du pétrole, où les cours progressent par à-coups de 5 dollars. Une panique qui se propage sur les autres matières premières et sur les marchés d'actions.

Le plus frappant, c'est les avis divergents entre les spécialistes de l'or noir. Pour les producteurs, y compris la très conciliante Arabie Saoudite, augmenter la production ne servirait à rien, car il y a déjà trop de pétrole dans le circuit. Pour l'analyste vedette de Morgan Stanley qui a mis le feu aux poudres en annonçant un baril à 200 dollars, les problèmes géopolitiques continueront à peser sur l'offre de pétrole.

Les stocks américains ont baissé fortement, mais ils varient beaucoup d'une semaine à l'autre ; la semaine passée, ils ont fortement progressé. Les spécialistes sont aujourd'hui divisés en deux camps. Ceux qui voient le pétrole à un cours supérieur à 150 dollars avant la fin d'année. Et ceux qui, comme moi, pensent qu'il va retomber à 70 dollars dans les semaines qui viennent. Nos arguments ne sont pas contradictoires. Les haussiers parlent de pénurie à long terme et les baissiers de surplus à court terme. En attendant, l'économie mondiale est en train de subir une pression inflationniste, dévastatrice pour le pouvoir d'achat, dont elle se serait bien passée.

Personne ne parle de manipulation. Elle est pourtant chaque jour plus évidente. Je me demande comment Eva empêche les fuites.

Qu'est-ce qui va stopper la course folle du pétrole, en fin de compte ? La hausse elle-même, sans doute. La hausse porte en elle le déclencheur de la baisse. Plus le pétrole montera, plus l'économie mondiale ralentira, plus la demande baissera et plus le pétrole baissera. Mais aujourd'hui, la panique s'est emparée des marchés. Espérons que c'est un signe ; nous sommes proches du sommet.

Eva et ses complices ne pourront pas manipuler le marché très longtemps.

Rebelote ce matin : l'Iran a annoncé ce matin qu'il refusait le contrôle des inspecteurs sur ses usines nucléaires. Au même moment, Chavez menaçait encore de suspendre ses exportations vers les États-Unis : je me demande si ce n'est pas un nouveau billet doux qu'Eva m'envoie ; elle veut me montrer qu'elle peut mettre à exécution ses menaces en un claquement de doigts. Ce n'est plus seulement une bataille contre le marché que je mène, c'est une lutte du Bien contre le Mal. Moi dans le camp du Bien, c'est à hurler de rire... Moi en chevalier blanc, moi le champion de la grisaille cynique.

En attendant, je vais prendre mon profit sur le CAC en rachetant à 4 940. Je commence à craquer. Il faut que je tienne. Ce n'est pas le moment de céder moi aussi à la panique.

Eva, c'est notre dernier round. Je ne t'appellerai pas et tu vas perdre ce combat.

## Vendredi 23 mai
## 1 219 400 euros

Euro/$ : 1,5735. Or : 918,40 $. Pétrole : 128,80 $.
Le CAC ouvre à 5 015.

J'ai eu un bon feeling sur le CAC en prenant mon profit hier ; il a finalement rebondi... C'est toujours ça de pris. Le pétrole a marqué une pause. Pas de baisse réelle mais, pour une fois, il ne grimpe pas.

C'est peut-être le moment de réintervenir sur l'euro. Après avoir bien reculé, il a connu un rebond spectaculaire. On s'est approché des 1,60 à nouveau mais il semble qu'il s'essouffle. Les analystes fondamentaux sont plutôt haussiers sur l'euro, baissiers sur le dollar, toujours pour les mêmes raisons : économie américaine faible, et Banque centrale européenne qui, elle, ne veut pas baisser ses taux, donc des taux plus élevés pour l'euro que pour le dollar, donc plus de motivation pour acheter l'euro que le dollar.

Les analystes techniques, les chartistes sont, eux, du même avis sur le long terme, mais pensent qu'à court terme la hausse va marquer une pause et que l'euro peut rebaisser à 1,53, voire à 1,48. Je suis du même avis. Cependant, je crois qu'il va encore remonter un peu, car le dollar est plombé par le pétrole. Compte tenu de nos bénéfices engrangés, on peut tenter de jouer gros, plus gros que d'habitude. Là aussi, je mettrai un stop. Si l'euro baisse à 1,5650 je prends ma perte. Je vais acheter 100 contrats d'euros à 1,5735. Me voici avec deux positions assez explosives, sur le pétrole et sur l'euro, tant en termes de taille qu'en termes de variation possible de pertes et profits...

J'ai l'impression de quitter la L2 pour entrer en L1... Par la petite porte. Chut. On verra.

Je me fais un serment : si je redeviens riche, cette fois, je disparais du trading. J'en ai trop vu. Je me sens usé.

De toute façon, un trader de mon âge, c'est une anomalie, une dysfonction du système.

Le monde des traders est une pyramide dont la base, très large, est composée de jeunes de moins de vingt-cinq ans, et le premier étage, un peu moins large, d'hommes de vingt-cinq à trente-cinq ans. Au-dessus, la pente est très raide, l'angle très étroit. Le taux de « mortalité » des traders après trente-cinq ans est exponentiel. Une pyramide d'âge qui ressemble à celle des soldats de Napoléon. En première ligne, des centaines de milliers d'hommes jeunes envoyés à la boucherie. Et quelques rares quadras avec des jumelles, postés en haut d'une colline pour surveiller le champ de bataille. Aux quadras les médailles et les maxi-bonus, aux soldats des salaires disproportionnés à leur âge, mais un danger de mort en proportion.

La tragédie du trading est là. On démarre en fanfare, on finit mort ou général. Et il n'y a qu'un général pour deux cent mille fantassins. Donc, pas d'avenir dans le trading sauf pour quelques génies qui montent leur propre hedge fund ou quelques planqués qui grimpent dans la hiérarchie de leurs banques.

Le jeu est simple. Il faut devenir riche en quinze ans, de vingt-cinq à quarante ans, et faire quelque chose de sa vie ensuite... Plus on traîne, plus la fécondité baisse, plus l'accouchement est difficile.

Il n'y a pas d'avenir dans le trading, mais il y a une vie après le trading... en dehors du trading.

## Lundi 26 mai
## 1 219 400 euros

Euro/$ : 1,5765. Or : 920,20 $. Pétrole : 129,20 $.
Le CAC ouvre à 4 902.

RAS ce matin. Pétrole stable, euro stable, CAC stable. Rien du côté de l'Iran et du Venezuela. Rien du côté d'Eva. J'ai placé sa carte à côté de mon radio-réveil. Pour résister à l'envie de l'appeler, j'ai invité une ex à passer le week-end avec moi. Divorcée. Quarante ans. Pas d'enfants. Elle ne peut pas en avoir. C'est peut-être le créneau idéal pour moi. Je vais y réfléchir. Jolie. Intelligente. Nous avons partagé notre temps entre les DVD, le lit et le jogging. Elle est marathonienne... Une cure de repos. Je vais peut-être déchirer la carte d'Eva.

Normal que les marchés soient calmes. Les États-Unis et l'Angleterre, les deux marchés principaux, sont fermés pour le Memorial Day américain et un bank holiday en Angleterre. C'est fou comme le monde de la finance, malgré tous les discours sur les pays émergents et l'Asie, tourne encore autour de Londres et de New York...

Sunee m'a appelé. Elle veut savoir où nous en

sommes. Sans me mettre de pression, juste pour s'informer. Elle est contente. On gagne 169 000 euros par rapport aux 1 100 000 de départ. C'est du 15 % en quelques semaines. Elle me charrie :

— Tu fais mieux que le livret A, mais ce n'est pas comme ça que tu vas t'enrichir.

Elle a raison. Il va falloir bouger. Ce qui me rassure, ou qui m'inquiète, c'est que la taille de mes deux positions est assez grosse pour que les variations de gains ou de pertes soient significatives, mais soyons honnêtes : je ne vois pas comment je vais faire fortune avec cette mise de départ. Pas en ayant la trouille au ventre de perdre. Pas en faisant des cauchemars de faillite.

Sunee m'a demandé si j'étais prêt à augmenter la taille du compte. Je lui ai répondu que je n'en avais pas les moyens. Même si elle avance encore de l'argent, je n'aurai pas les moyens de prendre les 50 % de pertes qui correspondent à ma part...

Après ça, elle m'a posé une question qu'elle ne me pose jamais :

— Tu vois quelqu'un, en ce moment ?

— Comme d'habitude. Mais personne en particulier ?

— Tu es sûr ? Pas d'ex ?

— Non. Pourquoi ?

— Je te trouve nerveux. Très perturbé. Ça me rappelle un mauvais souvenir...

— De quoi parles-tu ?

— Tu te souviens : « Mon pays c'est le monde... »

Là, elle m'a impressionné. Je suis resté sans voix. Elle a juste ajouté :

— Attention, Sam, d'accord ? Ne compte pas sur moi pour aller te porter des oranges en taule.

— Aucun risque, Sunee.

J'ai l'impression de trahir Sunee, mais je ne peux plus lui dire la vérité. Il est trop tard. Je dois finir ce combat seul.

Cette semaine, je n'ai rien à faire ou presque. J'ai fait mes présentations à mes clients en début de mois – l'état des marchés les panique.

Et je n'ai pas envie de tourner en rond. Ni de penser à Eva. Ni de craquer et d'accepter son offre. Greg Aberdeen m'a envoyé un mail. Il a besoin de me parler de toute urgence. Et si je faisais un saut à New York ? New York me manque. J'ai envie d'y aller juste pour sentir l'ambiance. Cela me donnera peut-être des idées. Et un petit coup de pouce au moral. J'y ai tellement de souvenirs de l'époque dorée ; chaque séjour là-bas recharge mes batteries le temps qu'il faut pour que la grisaille parisienne les décharge. C'est décidé. Je pars.

## Mardi 27 mai
## 1 282 500 euros

Euro/$ : 1,5850. Or : 923,20 $. Pétrole : 130,40 $.
Le CAC ouvre à 4 938.

Vol AF 022. Départ 8 h 25. Charles-de-Gaulle, terminal 2E.

J'adore cette ambiance. J'ai l'impression de retourner vingt ans en arrière : aller en Concorde à 11 heures. Arrivée à New York à 8 h 45, heure locale. Au siège de la maison mère à 10 heures. Réunion toute la journée jusqu'à 19 heures. Dîner au Downtown Cipriani de 19 h 30 à 21 heures. Et retour par le vol Air France de 22 h 30 le même jour avec une arrivée le lendemain à 11 heures, heure de Paris. Tout cela en vingt-quatre heures avec le sentiment d'être un maître du monde. *Master of the Universe.* J'adorais.

Le Concorde est au musée et je vais me contenter d'un aller-retour en classe affaires pris sur un vieux solde de miles accumulés au fil des années. Mais je suis content d'être là aujourd'hui. Il fallait que je sorte de Paris, de mon bureau.

Salon d'attente.

Je me suis habillé *casual*. Jean noir. Chemise

noire. Et bagage de cabine Tumi pour éviter l'enregistrement.

Autour de moi pas mal d'hommes d'affaires (peut-être devrais-je dire businessmen. En France, businessman, ça fait classe, homme d'affaires, ça fait escroc). Quelques couples américains vieillissants et aisés (il faut l'être pour voyager avec un euro à 1,57). Ils me font rire, ces couples américains bon chic bon genre. Complexés d'être américains, ils rêvent qu'on les prenne pour des Européens. Ils adorent Paris, s'intéressent à l'art, dorment au Bristol ou, mieux, dans les hôtels branchés de la rive gauche, et tentent vainement de prononcer quelques mots français. Ils vont chez l'Ami Louis manger le poulet le plus cher de France sans remarquer qu'il n'y a autour d'eux que d'autres Américains « *Wannabe* » Européens. Ils sont amusants. Je les aime bien. Je les observe du coin de l'œil.

J'ai pris toute la presse du matin. J'aime la presse. Mais j'aime encore plus le journal, si frais au toucher, qu'on trouve dans les salons d'embarquement.

On ne parle que de pétrole. Dans les journaux français comme dans les journaux anglo-saxons.

J'appelle le bureau. Je vais prendre mon bénéfice sur l'euro et je vais maintenant jouer la baisse. J'avais acheté cent contrats euros à 1,5735. J'en revends donc deux cents à 1,5845, cent pour solder ma position longue et cent pour me mettre *short*.

On embarque. J'ai le premier siège de business class, avec le hublot. Le personnel d'Air France est sympa, en business. En éco, les gens sont traités comme du bétail. Je jette un œil vers la first. Aucun intérêt. Les fauteuils ne sont pas beaucoup plus larges et les places sont deux fois plus chères. Je suis peut-être un peu jaloux...

Huit heures de vol. Le double du Concorde, qui était plein tous les jours... J'ai mon programme. Journaux. Puis petit somme. Puis déjeuner. Puis petit somme (je dors tout le temps, en avion). Puis lecture d'un bouquin sur les hedge funds qui vient de sortir. Et arrivée.

En souvenir des *good old days*, j'ai réservé dans mon hôtel préféré de New York, où j'ai négocié mes embauches et mes bonus. On m'a envoyé un chauffeur pour me chercher à l'aéroport. Pancarte : « Mr. Ventura. Four Seasons Hotel ». Rien que ça, j'adore. Il se précipite pour porter ma petite valise.

Nouveauté : les limousines Lincoln, allongées ou pas, sont complètement out. Partout d'énormes 4 × 4 Cadillac... Pas étonnant que le pétrole flambe, avec des bagnoles pareilles. Énervant mais confortable.

Sur la route, j'observe. C'est souvent comme cela que j'avais des feelings sur l'économie américaine. New York n'est pas les États-Unis, mais il y a des signes qui ne trompent pas. La circulation d'abord. Elle est toujours aussi dense. Normal, à cette heure.

Les voitures sont toutes très neuves. Plus de vieilles guimbardes défoncées. Décryptage : on a acheté avant la crise des subprimes deux à trois voitures neuves par famille, car le crédit était alors presque gratuit. Donc endettement record. Donc problème imminent sur les remboursements.

Les routes ne sont plus défoncées. L'environnement est propre. Les immeubles, même dans les zones autrefois glauques, entre l'aéroport et Manhattan, sont réhabilités. On sent que les États-Unis viennent de connaître une vraie période de prospérité.

Arrivée à Manhattan. Soleil. Et température agréable. L'hôtel est toujours aussi majestueux. Dix personnes au desk, une autre équipe à la réception. Chambre au quarante-huitième étage avec vue sur Central Park. Fabuleux. Que de souvenirs...

Après une douche, je zappe sur les chaînes de news. Un seul sujet : les prix à la pompe. Avec les pancartes des stations d'essence où le gallon vient d'atteindre les 4 dollars. Et des interviews de consommateurs qui se plaignent. Après avoir perdu leur maison, ils vont devoir vendre leur voiture. Certains se sont mis à la marche ou au vélo (ils en ont bien besoin), d'autres annoncent qu'ils ne partiront pas en vacances cet été, qu'ils ne vont même plus faire leurs courses dans les shopping malls de périphérie pour économiser sur l'essence. Une ambiance de panique dans certaines stations discount, avec des files de plusieurs heures... Merci, Eva !

Les élections passent très loin derrière l'essence, dans les bulletins d'information. Hillary Clinton va jeter l'éponge. McCain patine et Obama continue son ascension à la David Palmer, Jack Bauer en moins.

Je vais me balader toute la journée pour « humer » l'air du temps.

Les prix de l'hôtel n'ont pas baissé, malgré la baisse du dollar. Ces grands hôtels internationaux s'alignent toujours sur la monnaie la plus chère. En revanche, à l'extérieur, tout paraît bon marché ; là, on sent que l'euro est proche des 1,60.

D'ailleurs, dans les boutiques, il n'y a que des étrangers. Pas un seul Américain. On y parle l'anglais avec tous les accents du monde. Je demande comment va le business à une vendeuse de chez Abercombie, à une autre de chez Bloomingdale. Les étrangers sont très nombreux, me répondent-elles, mais cela ne compense pas la désertion des Américains. Les New-Yorkais dépensent encore un peu, mais il n'y a presque plus de touristes américains en visite à New York.

Passage obligé chez Starbucks à l'heure du déjeuner. D'habitude, il faut faire la queue plus d'un quart d'heure ; cette fois, je suis servi en trois minutes. Aïe.

Journée épuisante. J'ai marché des kilomètres sans m'en rendre compte. Dîner seul le soir. Si j'avertis une seule connaissance que je suis à New York, je vais devoir rencontrer dix personnes... Je ne veux en voir qu'une : Greg Aberdeen. Comme je repars le soir même, il n'aura pas le temps de m'organiser un dîner avec les vétérans.

Coucher à 10 heures du soir, cela fait 4 heures du matin heure de Paris. Une belle journée. Excitante.

## Mercredi 28 mai
## 1 341 400 euros

Euro/$ : 1,5750. Or : 915,40 $. Pétrole : 130,40 $.
Le CAC ouvre à 4 914.

Réveil à 4 heures du matin. Ce n'est pas si mal. Cela fait 10 heures, heure de Paris. J'appelle le bureau. J'ai fait un beau retourné, hier, sur l'euro, j'ai gagné à la hausse, et je regagne à la baisse. J'ai envie de garder ma position à la baisse sur l'euro. La baisse peut s'accélérer. Le pétrole, lui, est étrangement stable. Au point près, il clôture au même niveau que la veille et je suis toujours en perte de 160 000 euros environ sur cette position. En revanche, je fais ma meilleure performance depuis mon come back en net. À 1 341 400, cela fait 241 400 de gain par rapport à la mise initiale de 1 100 000. Pas mal pour quelques semaines.

Je ne bouge pas. Je garde les mêmes positions.

Je vais reprendre mes habitudes new-yorkaises de décalé horaire. Je descendrai au bar, tout à l'heure, pas pour voir Scarlett Johansson, mais pour avoir un feeling sur l'économie américaine.

D'abord, un film. Je checke sur la liste des vidéos *On demand*. Pas besoin de chercher longtemps. Ils ont le dernier *Rambo*. Je vais prendre une bonne dose de hargne, ça me manque tant à Paris.

6 heures : petit déjeuner dans la chambre. 7 heures : Je profite du beau temps pour aller faire mon jogging d'une heure dans Central Park autour du Réservoir. J'ai l'impression d'être dans un film, *Marathon Man* ou *Sex and the City*... Il y a des centaines de gens qui courent avec moi. Et même des mamans derrière leur poussette. Ça, au moins, ça n'a pas changé.

Retour à l'hôtel. Douche. Je reprends un café dans le restaurant de l'hôtel. Le breakfast du Four Seasons à New York est le haut lieu du business new-yorkais. On y croise toutes les stars de la finance, plutôt des quinquas que des jeunes traders. C'est ici que se décident les gros deals. C'était le petit déjeuner préféré de Sandy Weill, patron de Citigroup, et de son ancien bras droit Jamie Dimon, devenu patron de JP Morgan, deux de mes anciens boss.

Taxi. Direction Wall Street. Circulation difficile mais pas dramatique.

J'ai rendez-vous avec Greg à 10 heures.

Wall Street change, à l'image de New York. Les locaux des banques et institutions financières sont transformés en immeubles d'habitation, et les marques de luxe ont envahi les rues. New York est-il en train de perdre son âme pour devenir un Paris bis, une ville musée ? Les touristes vont-ils remplacer les traders ?

60, Wall Street. Je suis arrivé. L'immeuble est impressionnant. Le hedge fund de Greg occupe cinq étages. Quand je pense qu'il a démarré, pas dans un garage, mais dans un petit bureau loué au mois.

Il y a trois hôtesses. Symptômes d'une maladie chronique de Greg : les femmes.

Elles se lèvent ensemble. C'est un gag. Miss May, Miss June et Miss July elles-mêmes, droit sorties de *Playboy*. On ne dira jamais assez les ravages que fait le silicone aux États-Unis... L'une me souhaite la bienvenue, la deuxième me demande qui je viens voir et la troisième me précède dans un déhanché presque pathétique le long du couloir. La salle qu'elle ouvre devant moi est occupée par une table de « conseil d'administration » qui pourrait accueillir facilement deux ou trois équipes complètes de football.

— M. Aberdeen sera avec vous dans quelques secondes... Vous voulez un café ?

J'ai eu peur qu'elle me propose un massage.

— Oui.

Mauvaise réponse...

— Espresso, déca, déca espresso, cappucino, regular, small, large, medium, latte ?

Elle m'a donné mal à la tête.

— Espresso.

— Sucre, sucrettes ?

— Non, rien.

Ouf. Je reprends ma respiration. La revoilà bientôt en soubrette de film porno des années 1970. Au moins, elle m'aura fait rire.

J'attends quelques secondes, pas plus, et la porte s'ouvre.

— Sam, Sam, Sam, *my friend*.

— Greg ! Playboy ! Tu ne vieillis pas. Et tu as toujours ce talent pour recruter ton personnel...

— C'est essentiel pour le moral ! Pas question de se laisser abattre...

— Surtout que tu n'as aucune raison de te laisser

abattre. J'ai appris que tu étais devenu une star. J'ai vu la double page que le *Wall Street Journal* t'a consacrée. Bravo. C'est mérité.

— Du *bullshit* de journaliste. Mais c'est vrai qu'on cartonne. Je n'accepte plus d'argent depuis le début d'année. Nous gérons dix milliards de dollars tout rond et j'ai du mal à intervenir sur les marchés du fait de la taille du fonds. Dès que je bouge, tout le monde est au courant. Cela devient de plus en plus dur. D'ailleurs, la performance s'en ressent. Début 2007 nous gérions 5 milliards environ. J'ai fait un gros pari sur la hausse du pétrole et la baisse de l'immobilier. J'ai fait du 90 % environ sur l'année alors que tout le monde se plantait. Il y a des dizaines de fonds qui ferment tous les jours et les investisseurs cherchent désespérément à entrer dans les fonds qui gagnent de l'argent. Mais les rares fonds qui gagnent de l'argent comme le mien sont obligés de ne plus accepter d'argent. Et même avec 10 milliards, j'ai du mal à performer. Je suis en baisse de 3 % depuis le début de l'année.

— 3 %, c'est rien. Tout le monde se casse la gueule. Et en plus tes investisseurs ont gagné 90 % l'année dernière.

— C'est vrai, mais tu connais les investisseurs. Tant que tu gagnes, c'est normal, dès que tu perds, ils te gueulent dessus. Pour l'instant, tout va bien encore. J'ai plus de 5 milliards de dollars en attente à ma porte. Des investisseurs qui veulent entrer et que je ne peux pas prendre. Et toi ? *Back to trading ?*

— Disons plutôt *back to zero*... J'ai recommencé le trading avec un montant qui doit être le bonus annuel d'une de tes playgirls, à l'entrée.

— *But why ?* Pourquoi tu redémarres au bas de l'échelle ?

— Parce que j'ai tout perdu en 1999 et que, depuis, je n'ai plus vraiment de pognon. D'ailleurs, l'argent que je joue, c'est Sunee qui me l'a passé.

— Sunee, *how is the black pearl ?* Toujours dans le trading ?

— Non. Elle a été intelligente. Elle a pris sa retraite et vit tranquillement avec son mari et ses deux garçons.

— Et Eva la tigresse ? En prison ?

— Non. Aux dernières nouvelles, elle bossait pour Chavez et manipulait le cours du pétrole...

— Quelle pourrie ! Pourquoi tu ne m'as pas appelé quand tu étais dans la merde ? Tu as oublié que j'ai démarré grâce à toi ? Tu as oublié que je ne serais pas là sans toi ? Pour moi, tu es toujours le meilleur, Sam.

— Tu es gentil, mais je ne voulais pas te déranger. Une question d'amour-propre.

— Dommage, car j'ai de nouveau besoin de ton aide.

— Toi ? J'ai lu que tu avais gagné 850 millions de dollars à titre perso l'année dernière... Tu as besoin d'argent ? Tu veux 10 000 euros pour boucler le mois ?

— Ne plaisante pas. Je suis complètement paumé depuis le début de l'année. Je change d'avis en permanence, j'achète au plus haut et je vends au plus bas. Je sais que tu adores ces configurations de marché. J'ai besoin de toi.

— Tu veux savoir ce que je pense des marchés ?

— Ça m'aiderait. Mais j'ai besoin d'autre chose.

— Tout ce que tu veux.

Il se lève et commence à arpenter la salle. Maintenant que je peux l'observer, je vois qu'en effet il n'a pas l'air d'aller si bien que ça. Sous le bronzage, il est pâle. Ses pas ont quelque chose de saccadé qui n'a rien de rassurant. Enfin, il s'arrête devant la baie vitrée. Vue sur Ground Zero. Est-ce qu'il voit les fantômes des copains ? Il se détourne comme s'il sortait d'un cauchemar et demande brusquement :

— Tu connais George Icohn ?

— Le raider milliardaire ? Oui. Bien sûr. Qui ne le connaît pas ? Monsieur je prends 5 % d'une boîte en difficulté, je vire les patrons et je découpe la boîte en rondelles pour revendre les morceaux avec un profit. Un vrai kamikaze, paraît-il.

— Ce type est fou et je suis encore plus fou que lui.

— Ne me dis pas que tu es retombé dans le poker.

— Non. J'ai arrêté le poker. Trop lent par rapport aux marchés. Pas assez d'excitation.

— Alors quoi ?

Greg baisse les yeux. Est-ce que je rêve ou il a l'air honteux ?

— J'ai fait un pari avec lui.

— Un pari ? Tu m'inquiètes.

Je me sens comme une mère qui attend l'aveu d'une grosse bêtise. Une très grosse bêtise.

— Oui. Un pari.

— Sur quoi ?

— Sur le pétrole, bien sûr. C'est ma spécialité. Aux yeux du monde entier.

— Je sais. Et en quoi un pari peut-il t'affoler ?

— C'est que ce n'est pas un pari habituel.

Le voilà reparti à contempler la vue, l'air plus morveux que jamais.

— Il m'a défié, reprend-il d'une voix sourde. Il est si riche qu'il ne sait même plus combien il a, il s'emmerde et il est cinglé de jeu. Le problème, c'est que je suis cinglé aussi et qu'il m'a titillé là où je suis sensible. J'ai fait une énorme connerie. Et je ne peux en parler à personne.

— Raconte.

Je sens que je ne vais pas m'ennuyer, et que ça va être long. Je me glisse vers lui, sur cette table ridiculement grande pour nous deux. Dans le genre : « Allons, ça ne doit pas être si grave que ça. » Lui, c'est tout juste s'il ne se ronge pas les ongles.

— Voilà. Nous sommes mercredi. Le pétrole a clôturé hier à 130,40. Aujourd'hui à midi, je dois lui donner ma prévision de cours de clôture de vendredi soir. Il s'agit de choisir un sens. Plus haut ou plus bas que 130,40. Si je choisis plus haut, il me paie *x* dollars par point au-dessus de 130,40, mais je dois lui payer *x* dollars par point en dessous de 130,40.

— OK. *So ? What's the big deal ?* C'est ton boulot, ça, non ? Tu connais le marché par cœur. Et si tu te plantes, ce n'est pas les quelques centaines de milliers d'euros balancés qui vont te mettre à la rue.

Le bronzage de Greg vire au gris.

— Pas quelques centaines de milliers... Quelques centaines de millions d'euros. Nous avons joué à 10 millions de dollars le point.

— Quand tu dis le point, c'est par exemple de 130,40 à 131,40 ?

— Non... C'est 130,40 à 130,41...

J'en ai vu beaucoup, mais là...

— Tu veux dire que si tu joues la baisse et que le pétrole passe de 130,40 à 133,40 tu perds 300 fois 10 millions de dollars, tu perds 3 milliards de dollars ? C'est un suicide. Je n'ai qu'un conseil : appelle et annule tout.

— Impossible. J'ai déjà essayé. Il veut aller jusqu'au bout.

— Il y a de quoi lui envoyer les infirmiers psychiatriques...

— Même pas. Il veut que le gagnant verse 50 % de ses gains à la Fondation internationale pour l'enfance. Et que lundi il y ait un article sur notre pari dans la presse. C'est-à-dire que, si je perds, non seulement je suis ruiné mais tous mes investisseurs se tirent. Ce sera moi, le fou à lier, pas lui. Si je gagne, je serai aussi le fou de service, mais comme j'aurai gagné, on oubliera et cela risque même d'augmenter ma cote. Seul point positif, dans les deux cas, c'est que la Fondation internationale pour l'enfance va récolter une fortune.

Tandis qu'il parle, une pensée s'insinue sous mon crâne : la folie de Greg n'est pas pire que la mienne, à mon échelle. Mon retour dans le trading, est-ce que ce n'est pas un suicide ? Soudain, son délire énorme m'apparaît comme une caricature du mien. Je lui réponds d'une voix plus déprimée que je n'aurais voulu :

— Je ne vois pas bien en quoi je peux t'aider... Je ne suis pas fou, mais je suis nul. Je perds sur le pétrole depuis trois semaines. Et je n'ai pas un sou.

— Je ne te demande pas d'argent. J'ai 4 milliards et demi de dollars à moi en tout, à titre perso et je ne pense pas que le pétrole peut bouger de plus de 450 points en deux jours. Non. J'ai besoin que tu m'aides à choisir entre la hausse ou la baisse. Je suis perdu. Complètement perdu. Mes équipes ne peuvent pas m'aider. Elles sont partagées sur l'évolution du pétrole à court terme.

— Quand je t'ai appelé, tu m'as dit que tu voyais un top à 130 avec une rechute...

— Quand tu m'as appelé, je n'avais pas encore fait ce pari débile. J'avais encore l'esprit clair.

— Eh bien, garde la même idée. La baisse, non ?

— Ce n'est plus si simple. Les signaux sont contradictoires.

— Ne dis pas cela ! Je suis baissier et, à mon échelle, je joue gros.

— Écoute, Sam. J'ai besoin de quelqu'un avec qui échanger. Consacre-moi une heure pour confronter de façon la plus exhaustive possible les arguments pour la baisse et pour la hausse. Donne-moi ensuite ton opinion. Ensuite, je prendrai ma décision seul. Et tu n'as pas à t'inquiéter, je suis un grand garçon. Ce sera *ma* décision. Si je perds, tu n'auras aucune responsabilité. Par contre, si je gagne, je t'envoie un cadeau...

— Oublie.

— Un cadeau symbolique, juste pour marquer le coup.

— Si c'est symbolique, d'accord.

C'est à mon tour de me lever et d'arpenter la salle. Tout d'un coup, je trouve l'idée de Greg excellente. Moi aussi, j'ai besoin de m'éclaircir les idées, de chercher de la logique dans cette situation de cinglé. Lui et moi, on n'a plus le choix : il faut aller jusqu'au bout. Je regarde ma montre.

— Il est 11 h 10. Plus que cinquante minutes avant midi, Greg. Mettons-nous au travail. Fais amener deux paper boards. Sur l'un, on va lister les arguments pour la hausse, sur l'autre les arguments pour la baisse, en attribuant un coefficient à chacun des arguments. On n'aura plus qu'à faire le calcul des plus et des moins.

— C'est la méthode que tu m'as enseignée quand j'étais ton stagiaire...

— Je suis un vieux con. Je n'ai pas changé de méthode.

Après quarante-cinq minutes d'échanges d'une intensité que je n'avais pas connue depuis vingt ans, les deux paper boards sont remplis. Il ne nous reste plus qu'à faire le calcul.

HAUSSE +
Momentum (c'est-à-dire la tendance générale du marché), coef. 3
Consensus, coef. 1
Analyse fondamentale, coef. 4
Situation géopolitique, coef. 2
Potentiel augmentation demande (limité), coef. 3

BAISSE –
Spéculation, coef. 5
Analyse technique CT, coef. 3
Situation économique, coef. 2
Demande, coef. 2
Consensus, coef. 1

On se croirait à « L'école des fans » de Jacques Martin. Tout le monde a la même note. C'est le pire des scénarios. En plus, le total est de 13 pour la hausse et de 13 pour la baisse. Greg est catholique et superstitieux... il remarque le détail aussi sec.

— Putain, Sam, c'est pas possible. On arrive exactement à un équilibre. Et ce putain de chiffre 13. Je dois appeler dans cinq minutes.

J'ose à peine croiser son regard. Cette icône de Wall Street panique comme un gamin qui joue sa première bille.

— Écoute, Greg. Je vais te dire ce que je pense. Ce pari est complètement stupide. Indigne de toi. Mais il est trop tard pour faire machine arrière. Je suis baissier sur le pétrole. J'ai la certitude que le

Venezuela et l'Iran manipulent les marchés, mais j'ai aussi la conviction que ça va mal tourner pour eux. Ils vont se prendre un TGV en pleine tronche. À court terme.

Greg me regarde le regard baigné de reconnaissance. Et il saisit son portable.

— George ? C'est Greg. Je choisis la baisse. 130,40, 10 millions de dollars le point. OK. À vendredi soir.

Je suis estomaqué.

— Mais toi, Greg, qu'est-ce que tu penses ? Tu es baissier ?

— Franchement je ne sais pas. Mais les dés sont jetés. Tu restes avec moi jusqu'à vendredi ?

— Non. Je rentre ce soir.

— On s'appelle vendredi à la clôture. *Take care.* Tu as besoin de mon hélico pour l'aéroport. Profites-en avant que je doive le vendre.

— Non merci. Je dois repasser à l'hôtel.

— Merci pour ton aide. *I really appreciate.* Mon chauffeur t'attend en bas. Il est à ta disposition jusqu'à ton départ. Ne dis pas non.

— Merci. Tu sais que tu es complètement fou.

— Je sais. *Bye.* À vendredi. J'espère que je pourrai te faire le cadeau promis...

Je suis sonné. Je suis entré dans son 4 × 4 limousine comme un somnambule. Sonné, mais en même temps bizarrement heureux. L'avenir m'apparaît soudain aussi limpide que le ciel de Corse vu depuis la villa de Sunee. Je vais quitter ce monde de fous. Et cette décision que je prends me donne une sérénité que je n'ai jamais connue. Direction l'hôtel. Je vais avancer mon départ, attraper un autre vol, vers 18 heures. Greg m'a gâché mon séjour à New

York... et rendu un fier service. Il m'a illustré en technicolor le dérapage de la finance. Comment s'étonner de la crise des subprimes ? Comment s'étonner que l'économie mondiale soit au bord de l'explosion ?

Puisque l'échéance de son pari est vendredi, C'est ce jour-là que j'arrêterai. Vendredi soir. 20 h 30, heure de Paris. À la clôture du marché du pétrole de New York. Que je gagne ou que je perde. Je ne ferai pas fortune, je ne me ruinerai pas, mais je ne deviendrai pas fou... à nouveau. Ma décision est prise.

## Jeudi 29 mai

Ce connard de Greg a vraiment tout gâché. Je suis parti à New York avec une pêche d'enfer, je reviens en pleine déprime.

En plus, je déteste le vol de retour. Il est plus court que celui de l'aller de deux heures. On n'a pas le temps de dormir. Et mon voisin tenait à son repas. La totale : apéro, entrée, plat chaud, fromage, dessert et digestif. Il a commencé à boire à l'aéroport JFK, et il a fait son rot à Roissy. Tout ça dans un concert de mastication qui m'a rendu dingue.

Il est 6 h 30. Personne à la douane, personne aux taxis. Je suis chez moi à 7 h 15. Petite douche et je fonce au bureau. J'ai déjà reçu un texto de Greg pour me dire que le pétrole avait clôturé mercredi soir à 1,3160. Sans autre commentaire. Si vendredi soir on clôture à ce niveau, il aura perdu 1,2 milliard de dollars. En deux jours ! Vous avez dit irresponsable ? Sans parler de ma propre position pétrole, sur laquelle je perds encore avec cette hausse de 130,40 à 131,60.

Plus que deux jours... après, je décroche. Mon

dernier coup aura été une éjaculation précoce de vieillard vaniteux.

Ces deux jours vont être terribles. Entre mes positions de trading et le pari de Greg, je ne sais pas ce qui m'angoisse le plus. Deux jours.

Un peu moins de deux jours même, quarante heures pour être très exact jusqu'à la clôture du pétrole à New York de vendredi. Vendredi à 20 h 30. Je n'ai plus l'âge pour ces conneries.

Mon portable vibre. Un SMS.

« Salut, Rocky. Je suis revenue à Paris. Suite Bernstein. Suicide ou pas suicide ? Eva. »

Il ne manquait plus qu'elle pour la sortie sous les huées de la foule de Sam le loser.

Je n'ai même pas pris le temps de me demander comment elle avait eu mon numéro de portable ; je pouvais toujours faire une enquête dans ma boîte, mais à quoi bon... Est-ce que ça me déplaisait tant que ça ?

Euro/$ : 1,5600. Or : 900,10 $. Pétrole : 130,40 $.
Le CAC ouvre à 4 982.

L'euro me met un peu de baume au cœur. Je fais un carton plein. J'ai pris toute la baisse de l'euro. 157 000 euros gagnés en deux jours, c'est très bien.

Je vais prendre mon profit. De toute façon, j'arrête tout demain soir, et mon attention sur les deux jours qui viennent va être uniquement focalisée sur le pétrole.

Me voici donc avec une seule position. Toujours la même. Short de cinquante contrats de pétrole à 125,30 dollars avec une perte potentielle de 201 900 euros. J'ai vraiment perdu une fortune en m'entêtant mais je ne lâcherai pas. En plus les signaux sont positifs, même si le pétrole a remonté. La hausse du dollar est favorable à la baisse du pétrole et les autres matières premières comme l'or ont commencé à chuter lourdement. Le pétrole va baisser. Maintenant. Je suis comme habité par cette certitude.

C'est maintenant que tout va se jouer pour moi. Et pour Greg... Une mauvaise idée, d'avoir joué les conseillers.

Je mets sur mon écran de news toutes les nouvelles sur le pétrole, j'élimine le reste. Je veux rester concentré sur la lutte. C'est moi et Greg... contre le marché et Eva... Maximus au milieu de l'arène. Seul. Gladiator is back... Le gain sur l'euro m'a reboosté. J'ai l'impression d'avoir vingt ans, pour ce dernier sprint.

10 heures. 131,60. Le pétrole continue son rebond de la veille. Pas de nouvelles.

11 heures. 131,20. L'Arabie Saoudite est prête à augmenter encore sa production pour répondre à la demande, mais réclame des États-Unis des mesures contre les spéculateurs qui sont, à ses yeux, les seuls responsables de la hausse du pétrole.

12 heures. 132,10. Troubles au Nigeria. Des rebelles ont fait sauter des pipelines. On ne connaît pas l'impact sur la distribution.

13 heures. 131,40. La production et la distribution ne sont pas interrompues au Nigeria. Les dégâts sont mineurs.

14 heures. 130,60. George Bush remercie l'Arabie Saoudite et dénonce la spéculation. Il annonce qu'il va réclamer des mesures immédiates pour combattre les spéculateurs sur les marchés à terme. Cela fait

ricaner les traders. Il l'a dit plusieurs fois, mais n'a jamais rien fait.

15 heures. 130,90. Calme plat. Personne ne croit à une action du gouvernement. On attend les statistiques de l'Agence internationale pour l'énergie sur la consommation de pétrole à 17 heures.

16 heures. 130,60. L'Opep déclare officiellement que des prix du pétrole élevés ne sont pas favorables à long terme aux pays producteurs.

17 heures. 129,80. L'Agence internationale pour l'énergie révise à la baisse ses projections de consommation de pétrole dans le monde. Elle note que, pour la première fois depuis plus de trente ans, la consommation d'essence aux États-Unis est en baisse.

18 heures. 129,60. L'Opep est prête à augmenter sa production en cas de besoin si les États-Unis prennent des mesures pour freiner la spéculation.

19 heures. 128,40. Rumeur sur les marchés que les appels de marge vont être multipliés par quatre sur les marchés à terme (beaucoup de spéculateurs à la hausse seront obligés de liquider leurs positions car ils n'ont pas assez d'argent pour les tenir avec un telle augmentation de la mise).

20 heures. 131,20. *Fuck. Fuck* et *fuck*. Démenti officiel des autorités de marchés de la rumeur : « Il n'est pas question d'augmenter les appels de marge par quatre sur le pétrole. » Tout le monde rachète. C'est la panique à la hausse.

20 h 30. Clôture à 131,31.

Greg ne perd plus « que » 600 millions de dollars. Je perds 182 700 euros. Plus de nouvelles de lui.

En revanche, un mail d'Eva. Laconique.

« Je quitte le Crillon demain à l'aube. Je pars en voyage. Tu m'accompagnes ? »

Elle part alors qu'elle vient d'arriver ? Qu'est-ce qu'elle a dans la tête ? Un voyage avec Eva. Une Eva différente. Toute neuve. Je caresse l'image une seconde, puis je clique sur « supprimer », et je ferme ma messagerie.

Pour ma dernière nuit de trader, je ne sais pas quoi faire. Inutile de rentrer chez moi. Je n'arriverai pas à dormir.

J'ai l'impression que tout se joue pour moi mais finalement rien ne se joue. Je risque de perdre demain sur le pétrole ce que j'ai gagné sur l'euro, le CAC ou l'or. Je peux aussi gagner quelques dizaines de milliers d'euros supplémentaires.

Demain à 20 h 30 ma vie de trader sera définitivement terminée. Greg sera ruiné ou multimilliardaire, mais cela ne changera rien à ma décision. Cette porte que je referme si tôt après l'avoir rouverte, c'est tout de même une petite mort.

Il fait chaud. Et encore jour. Je prends ma moto. Sans même m'en rendre compte, je pars vers l'est. Pourquoi est-ce que je me retrouve devant le Crillon ? Les fenêtres brillent de partout ; je n'ai pas besoin de craquer une allumette pour voir ce qui se passe dedans. L'agitation dans le lobby. Le bar rempli de Saoudiens. Une ou deux présentations d'entreprises dans les salons privés. Les restaurants... l'Obélisque, les Ambassadeurs, les serveurs qui s'affairent. Tout cela m'est si familier, et si étranger, maintenant.

Facile. Je gare la moto. Je me fais annoncer : Mme Eva Khoury, suite Bernstein. Je prends l'ascenseur, j'attrape au passage une brise parfumée au jasmin, je la suis. Elle ouvre la porte – un déshabillé La Perla en soie noire. Une nuit avec elle, une seule... Pas mal pour mes adieux au trading.

Ça fait deux tours que je fais autour de l'obélisque. Finalement, je sors du cercle maudit et je prends le quai rive droite. Direction Montreuil.

## Vendredi 30 mai

6 h 30. Putain de réveil. Je l'ai balancé par la fenêtre. J'ai dormi comme un loir depuis mon retour, à 4 heures. Le grand air qui a dû m'assommer. J'ai roulé toute la nuit.

Quatorze appels en absence, huit SMS.

Tous de Thomas ! « *Call me* urgent. » Merde. Merde. Et Merde. Ça sent la catastrophe.

— Désolé, Thomas j'avais coupé mon portable, cette nuit. Quelle nouvelle ?

— Une mauvaise et une bonne, je commence par laquelle ?

Pourquoi parle-t-il d'une voix aussi perçante ? J'écarte l'appareil pour répondre.

— Les mauvaises d'abord. Toujours.

— Sous la pression de Bush et de l'Opep, les marchés à terme de pétrole ont modifié les appels de marge ?

— Ils les ont multipliés par quatre, c'est ça ? Mais ils avaient démenti !

— Ils ont supprimé complètement la possibilité de jouer avec effet de levier. Jusqu'à hier, pour jouer sur un contrat de pétrole de 130 000 dollars il suffisait de 15 000 dollars de mise. À partir de demain, pour conserver une position sur 130 000 dollars de pétrole, il faut mettre 130 000 dollars en cash.

— Dingue. C'est la mauvaise nouvelle ?

— Oui. Avec nos cinquante contrats, on doit envoyer près de 4 millions de dollars de plus en appel de marge avant ce soir pour garder notre position et on ne les a pas. Donc, on doit tout clôturer avant ce soir !

Étrange comme je me sens indifférent. Je plane. J'ai l'impression d'avoir fumé toute la nuit. Je réponds avec un sourire béat :

— Ça tombe bien. Je voulais clôturer ce soir. Et la bonne nouvelle ?

— La bonne nouvelle, c'est que c'est la panique sur le marché. Ceux qui ont des contrats à la hausse sur le pétrole n'ont pour la plupart pas les moyens d'envoyer les fonds pour maintenir les positions. Tout le monde cherche à vendre. Le prix indicatif est de 126 pour l'ouverture. Mais le marché va probablement être fermé pendant quelques heures. Il risque de s'écrouler...

Je reste sans voix. Un drôle de petit rire parvient jusqu'à mon oreille ; la jubilation de Thomas a quelque chose de quasi infantile. Au bout d'un moment, il s'inquiète :

— Allô ? Tu es là ? Ça va ?

— Je ne sais pas...

— On fait un carton, mon vieux, tu entends ?

— J'arrive.

Je suis bien réveillé, ce n'est pas un rêve, cette fois. Je pense à l'argent. Puis je pense à Greg.

Ce salaud va se faire une véritable fortune. Un délire. Plusieurs milliards de dollars. Est-ce qu'Icohn pourra le payer, seulement ? Il pèse 12 milliards de dollars, mais cela m'étonnerait qu'il ait 7 ou 8 milliards de dollars en cash ; il va devoir vendre les actions de sa société. Quelle folie !

Bon voyage, Eva.

La diablesse est à terre. Son dictateur de merde va se faire pendre par les pieds par une populace en furie. Et l'autre malade iranien va devoir s'enfouir dans les cavernes de Ben Laden !

Euro/$ : 1,5494. Or : 877 $. Pétrole : 126,40 $.
Le CAC ouvre à 5 010.

La panique sur le pétrole est en train de gagner les autres marchés de matières premières. L'or baisse, l'argent s'écroule, le nickel et le zinc ne cotent plus faute d'acheteurs et les matières premières agricoles se sont littéralement effondrées. La bulle sur les matières premières explose sous nos yeux. Je l'attendais. Mais pas aujourd'hui. Pas avec autant de violence.

Le *Financial Times* annonce qu'une grande enquête est ouverte mettant en cause quelques fonds qui auraient créé un corner, c'est-à-dire un assèchement artificiel du marché pour faire monter les cours. On soupçonne des proches du gouvernement vénézuélien... Fuis, Eva, fuis... disparais.

Le cours indicatif d'ouverture est de 126,40 dollars. J'ai mon solde cash plus gains sur positions clôturées de 1 600 000 euros et je ne perds plus que 35 200 euros sur mes cinquante contrats pétrole short à 125,30, ce qui me fait un compte net de 1 564 800. J'ai récupéré 166 000 euros par rapport à hier ! Et ce n'est pas terminé. Avec la panique, le pétrole risque de clôturer en dessous de 120. Et, à 120, je peux gagner beaucoup d'argent.

J'ai checké ma boîte e-mail. Pas un mail de Greg. Il gagne plus de 4 milliards de dollars sur les niveaux indicatifs d'ouverture, mais si on descend à 120, il se fait 10 milliards. 10 milliards... sur un pari de gamins ! Il m'a emmerdé hier quand il perdait, mais je n'ai même pas un mot aujourd'hui. Sympa. Vive l'espèce humaine !

C'est une journée qui me rappelle mes golden days. Je suis heureux comme je ne l'ai pas été depuis longtemps. J'ai appelé Sunee. Elle n'arrête pas de faire des calculs ; le pétrole peut baisser à 100 ce soir à la clôture, dit-elle. Je lui ai dit qu'on devait tout clôturer ce soir à cause des appels de marge, mais je ne lui ai pas encore annoncé que j'arrêtais tout. Elle va tout de même récupérer entre 250 000 et 400 000 ou 500 000 euros pour un mois ou presque d'investissement sur 1 million d'euros. *Not bad.* Mais elle a pris le risque sans hésiter. C'est ça, son talent !

L'aventure a été belle. Pour un come-back, c'était du grand spectacle. Pourquoi ne pas continuer, alors ? Non, je n'ai aucune hésitation. Même plus envie.

Toujours pas de mail de Greg. Le pétrole a ouvert à New York avec deux heures de retard. 126,30... 124,60... 123,20... 121,60... en ligne droite. Au fil des minutes.

Clôture à 20 h 30 : 120,80. J'ai laissé un ordre MOC (Market on close, c'est-à-dire exécuté automatiquement à la clôture du marché) sur les cinquante contrats pétrole vendus à 125,30. Après avoir perdu plus de 200 000 euros, ma position est clôturée avec un gain de 144 200 euros. Avec les 1 600 000 euros de cash et les 114 200 de gain sur le pétrole, le compte a un solde de 1 714 200 euros, soit un gain de 614 200 euros par rapport à la mise de fonds de 1 100 000. 55,8 % de gain en deux mois. 307 100 euros pour Sunee. 307 100 euros pour moi.

Greg, lui, a gagné la somme faramineuse de 9,6 milliards de dollars. Presque toute la fortune d'Icohn. Des rumeurs ont commencé à circuler sur le marché, et le titre Icohn Group coté à New York a perdu 25 % dans la journée. Deux hypothèses : Greg a « fuité » auprès d'un de ses copains journalistes. Ou Icohn a tout simplement commencé à vendre les titres de sa société pour libérer le cash nécessaire. Je ne me fais pas de souci pour lui. Il a fait faillite déjà trois fois et il est toujours remonté. Seul bon point pour lui, dans tout ça, c'est que 4,8 milliards de dollars vont aller à la Fondation internationale pour l'enfance. Un peu de douceur dans un monde de brutes.

Je suis épuisé. Je checke mes derniers e-mails avant d'aller dormir – du sommeil du juste, c'est le mot.

# Fin et... suite ?

From Sunee@yahoo.com

« Salut, Sam. On s'est bien marré. Merci pour tout. Si tu reprends du service, *let me know !* »

From Eva@hotmail.com

« Tu comprends pourquoi j'ai dû partir en vacances un peu précipitamment ? Bravo. Cette fois, c'est toi qui as gagné. Je suis contente, mais n'oublie pas que le mal finit toujours par triompher. Et qu'il n'y a pas de mal à faire du mal. »

From Greg@aberdeen.com

Ce mail-là est beaucoup plus long. Je m'installe confortablement avant de le lire. À la moitié du texte, mes bâillements cessent d'un coup.

« Sam. J'imagine que tu sais que le vieux Icohn fait ses fonds de tiroirs pour me payer. J'ai exigé les 4,8 milliards tout de suite pour le Fonds international pour l'enfance, mais je lui ai accordé un délai de deux mois pour le reste... sans intérêt et sans garantie. Je suis trop bon. Ce chien m'aurait obligé à payer dans la minute dans le cas contraire. J'aurais dû fuir au Panama car je n'ai pas une telle somme.

« J'ai gagné grâce à toi. C'est ta conviction qui a

emporté mon jugement. Tu peux avoir les 10 % que tu mérites – à savoir, je te le rappelle, 480 millions de dollars.

« Mais si tu continues à refuser...

« Je t'avais promis un cadeau symbolique, le voilà. J'ai décidé de mettre mon gain dans un fonds de trading, et ce fonds, je voudrais que tu le gères. On peut lever au moins 2 milliards de plus venus d'investisseurs qui ne peuvent plus rentrer dans mes fonds. Tu géreras donc 7 milliards environ. Ce sera ton fonds, tu feras ce que tu voudras. Avec les règles classiques de rémunération, c'est-à-dire 2 % des encours par an, soit environ 140 millions de dollars par an et 20 % des profits que tu feras.

« Laisser un talent comme le tien en dehors des marchés, c'est du gâchis. Tu ne peux pas y échapper : *you're a natural born trader. Thanks again.* Ton ami Greg.

« PS : *Traders never die*. »

Les coulisses de la City
enfin dévoilées !

***(Pocket n° 14262)***

**P**our la première fois, un ancien trader ose briser la loi du silence. Il dévoile les intrigues et la corruption qui sévissent au cœur de la City de Londres, les bonus à six chiffres, les egos démesurés et les excès en tous genres. Geraint Anderson raconte les dessous d'un système cynique et impitoyable auquel il a participé pendant plus de dix ans. *Cityboy*, c'est lui-même, le trader qui, sous couvert de ce pseudo, dévoilait les secrets d'alcôves des salles de marché dans un journal gratuit londonien.

Il y a toujours un Pocket à découvrir

# Détournement de fonds

**(*Pocket n° 12660*)**

La carrière de la jolie Verity Banks ferait rougir les hommes d'affaires les plus aguerris :
as de l'informatique, elle est vice-présidente de la Banque mondiale dont elle dirige le service de transferts électroniques de fonds. Ce brillant tableau ne la dissuade nullement de relever le pari insensé de son sulfureux mentor : détourner un milliard de dollars afin de prouver les failles du service informatique bancaire. Quitte à se retrouver impliquée dans un complot financier d'une tout autre envergure...

Il y a toujours un Pocket à découvrir

Faites de nouvelles découvertes sur

**www.pocket.fr**

- Des 1ers chapitres à télécharger
- Les dernières parutions
- Toute l'actualité des auteurs
- Des jeux-concours

POCKET

Il y a toujours un **Pocket** à découvrir

*Cet ouvrage a été composé et mis en pages*
*par* ÉTIANNE COMPOSITION
*à Montrouge.*

Imprimé en France par

CPI
Brodard & Taupin

à La Flèche (Sarthe)
en janvier 2010

POCKET – 12, avenue d'Italie - 75627 Paris cedex 13

N° d'impression : 55923
Dépôt légal : janvier 2010
S19655/01